Julius von Gosen

Das Bundesstaatsrecht der nordamerikanischen Union, der Schweiz und des Norddeutschen Bundes

Antigonos

Julius von Gosen

Das Bundesstaatsrecht der nordamerikanischen Union, der Schweiz und des Norddeutschen Bundes

Unveränderter Nachdruck der Originalausgabe von 1868.

1. Auflage 2024 | ISBN: 978-3-38613-680-8

Antigonos Verlag ist ein Imprint der Outlook Verlagsgesellschaft mbH.

Verlag: Outlook Verlag GmbH, Zeilweg 44, 60439 Frankfurt, Deutschland, info@outlook-verlag.de
Vertretungsberechtigt: E. Roepke, Zeilweg 44, 60439 Frankfurt, Deutschland
Druck: Libri Plureos GmbH, Friedensallee 273, 22763 Hamburg, Deutschland

Das Bundesstaatsrecht

der

Nordamerikanischen Union, der Schweiz

und des

Norddeutschen Bundes,

zusammengestellt

von

einem Juristen.

München, 1868.

Verlag der M. Rieger'schen Universitäts-Buchhandlung.

(Gustav Himmer.)

Einleitung.

Das Wesen und die Natur des Bundesstaats sind in der jüngsten Zeit so oft Gegenstand der wissenschaftlichen Untersuchung gewesen, dass beides jetzt hinlänglich klar gestellt ist. Es ist der Bundesstaat nicht ein durch einen völkerrechtlichen Verband gebildeter Staatenverein, sondern ein wirklicher Staat, indem über den Einzelstaaten ein Gesammtstaat steht. Dadurch nun, dass beiden die sämmtlichen Attribute eines Staates zukommen, ergibt sich nothwendig eine Theilung der Staatsaufgaben, indem der eine Theil von dem Gesammtstaate, der andere von den Einzelstaaten erfüllt wird. Hiedurch wird nicht nur die staatliche Aufgabe, sondern auch die zur Lösung derselben erforderliche Gewalt zwischen dem Gesammtstaate und den Einzelstaaten getheilt, doch so, dass sich beide vollkommen frei in ihrer Sphäre bewegen. Das Mass dieser Vertheilung kann verschieden sein, stets wird die Vertretung gegen Aussen, die Militärhoheit, das Handelswesen dem Gesammtstaate vorbehalten sein. Die Einzelstaaten sind weder wie im Staatenbunde die Subjekte der Centralgewalt, noch auch die Unterthanen des Bundesstaats, sondern beiden steht die volle Souverainetät zu, mit der einzigen Modification, dass jeder Theil zu Gunsten des andern auf die Ausübung der vollen Staatsgewalt verzichtet. Jedem von beiden muss eigene Gesetzgebung, Verwaltung und Gerichtsbarkeit zustehen und als nothwendige Folge eigene Finanzen. Daraus dass der Bundesstaat ein wirklicher Staat ist und die Einzelstaaten nicht seine Unterthanen sind, folgt mit Nothwendigkeit, dass die Angehörigen der letzteren dem Gesammtstaate unmittelbar untergeben sind. Es besteht sonach ein unmittelbares Unterthanenverhältniss der einzelnen Bürger zur Centralgewalt, eine Gehorsamspflicht der Einzelnen gegen die Gesammtheit. Diese wendet sich daher bei ihren Erlassen nicht an die einzelnen Regierungen, wie der Staatenbund, der nur durch Requisitionen die Einzelnen zum Handeln bewegen kann, sondern direkt an das Volk. Dieses ist daher durch doppeltes Unterthanenverhältniss gebunden, ein Verhältniss, das namentlich bei der Eidesleistung der Truppen hervortritt. Aus dem allgemeinen bundesstaatlichen Bürgerrecht wird sich eine Nationalrepräsentation, welche der Bundesgewalt gegenüber das ganze Volk vertritt, entwickeln.

Die Herstellung eines deutschen Bundesstaats war seit einem halben Jahrhundert das Ziel der Patrioten, der Traum der Jugend, die Sehnsucht des Alters gewesen; alle Versuche aber, den deutschen Bund zu einem Bundesstaate auszubilden, waren gescheitert, der letzte fast frivole Versuch des Jahres 1863 hatte sich als Irrthum erwiesen. Es bestanden bis dahin nur Bundestaaten bei republikanischer Verfassung der Einzelstaaten, kein Wunder, dass sich die Ansicht verbreitete, es sei ein Bundesstaat überhaupt nur bei Republiken und als solche möglich. Der Erfolg hat gelehrt, dass auch bei monarchischen Staaten ein lebensfähiger Bundesstaat möglich ist, wenn auch hier die Schwierigkeiten in Folge der vielen sich widerstreitenden Interessen weit grösser sind, als bei Republiken.

Der Bundesstaat ist Schöpfung der modernen Staatswissenschaft. Wohl kannte auch das Alterthum ähnliche Staatsformen und erreichte im achäischen Bunde das Ideal einer Konföderation, aber der antike Staatsbegriff ist ein von dem modernen total verschiedener, auch jene bundesstaatlichen Gebilde tragen einen eigenen Typus an sich und lassen sich mit den heutigen nicht vergleichen. Ebenso hatte das Mittelalter es trotz seiner durchgreifenden Neigung zu genossenschaftlichen Vereinigungen nicht zur Bildung eines Bundesstaates gebracht, obwohl sich vielfach Ansätze hiezu finden. Erst der neueren Zeit war es vorbehalten, die Idee des Bundesstaats in's Leben zu rufen.

Als die Kolonien Englands in Nordamerika im Frieden ihre Unabhängigkeit erreicht hatten, wurde die unter dem Namen der Konföderations-Artikel vom 8. Juli 1778 bekannte Verfassung von den Abgeordneten der damals bestehenden 13 Staaten angenommen. Diese Verfassung vertritt in allen Punkten die Idee des Staatenbundes. An der Spitze der Konföderations-Urkunde steht der Satz, welcher den Einzelstaaten die Souverainetät garantirt, wonach diese alle Befugnisse behalten, welche nicht ausdrücklich den Vereinigten Staaten abgetreten sind. Das Verhältniss der Staaten unter sich wird als ein festes Freundschaftsbündniss (a firm league of friendship) zum Zwecke der gemeinsamen Vertheidigung, der Sicherung der Freiheit und der Beförderung der gegenseitigen und allgemeinen Wohlfahrt bezeichnet. Von einem Unionsbürgerrecht ist keine Rede, nur das Recht der Freizügigkeit ist ausgesprochen. Die Delegirten der Staaten zum Kongresse vertreten nicht das Land, sie sind mit ängstlicher Genauigkeit in steter Abhängigkeit von ihren Wahlkreisen erhalten. Zwar ist der Gesammtheit vorbehalten: das Recht Krieg zu erklären, Frieden zu schliessen, das Recht der Gesandtschaft, sowie Verträge und Bündnisse mit fremden Staaten abzuschliessen, aber ausserdem sind die Staaten vollständig unabhängig. Auch das Finanzwesen ist höchst ungeordnet, nur zu ausserordentlichen Ausgaben war eine gemeinsame Kasse gebildet. Für Streitigkeiten war ein nicht ständiges Schiedsgericht vorgesehen.

Die Konföderation ist ein Staatenbund, sie besitzt keine Staatsgewalt, keine Gesetzgebung, keine Regierung, keine Gerichte. Die Folgen dieser mangelhaften Verfassung waren bald allgemein gefühlt, bald waren alle Parteien darin einig, dass die Konföderation eine durchaus unvollkommene und misslungene Staatsform sei. Mohl, Bundesstaatsrecht von Nordamerika S. 101, schildert die Folgen derselben mit schlagenden Worten: „von aussen her wurden die Vereinigten Staaten mit Verachtung behandelt, muthwillig die mit ihnen geschlossenen Verträge gebrochen und ihnen statt aller Genugthuung die Schwäche ihrer Regierung vorgeworfen; im Inneren stieg Verwirrung, Elend und Zerrüttung auf den höchsten Grad; aller öffentliche und Privatkredit war gänzlich vernichtet. Der Kongress konnte aus Mangel an Einkommen weder die im Unabhängigkeitskriege gemachten Schulden noch auch nur die Zinsen derselben abzahlen und es drohten Misstrauen, Aufruhr und allgemeines Missvergnügen der kaum errungenen Freiheit mit unvermeidlichem Untergange."

Endlich nach langen Vorbereitungen gelang es, alle Schwierigkeiten, welche sich einer Revision der Verfassung entgegengestellt hatten, zu überwinden. Es wurde ein Verfassungsrath (General Convention) niedergesetzt, worin jeder Staat eine Stimme hatte, den Vorsitz führte Washington. Am 14. Mai 1787 begannen die Sitzungen und schon am 17. September desselben Jahres war der Entwurf einmüthig angenommen und unterzeichnet. Die leitenden Gedanken, von welchen man bei dieser Revision ausgegangen war, sind in dem von Washington unterzeichneten Begleitschreiben, womit der Entwurf dem Kongresse vorgelegt wurde, enthalten. Wir heben daraus einige Zeilen hervor*):

„Es ist offenbar unmöglich, die Unionsregierung so einzurichten, dass jedem Staate alle Rechte voller Souverainetät gewahrt werden und zugleich für die Interessen und die Sicherheit aller gesorgt wird. Individuen, welche eine Gesellschaft bilden, müssen

---

*) S. Rüttimann, das nordamerikanische Bundesstaatsrecht. I. 1867. S. 43.

einen Theil der Freiheit aufgeben, um den Rest zu bewahren und die Grösse des zu bringenden Opfers hängt von den Umständen und von dem Zwecke, der angestrebt wird, ab. Die Grenzlinie zwischen den aufzugebenden und den zu reservirenden Rechten ist immer schwer zu ziehen. Die Schwierigkeit wird bei dieser Gelegenheit erhöht durch die Verschiedenheit, welche zwischen den Staaten mit Hinsicht auf ihre Lage, Ausdehnung, Sitten und Interessen besteht."

Am 4. März 1789 trat nach gehöriger Annahme durch den Kongress und die Einzelstaaten die neue Verfassung in Wirksamkeit. — Bei der Berathung derselben dachte man nicht im Entferntesten klar über die rechtliche Natur und die Tragweite der gefassten Beschlüsse, theoretische Erwägungen stellte man nirgends an, man schuf, was man allgemein als zweckmässig erkannte. Jn sehr vielen Punkten ahmte man die englische Verfassung nach, in sehr wichtigen Bestimmungen glaubte man sie nachzuahmen und schuf Abnormitäten, von denen keine Spur in der englischen Verfassung zu finden ist. Erst die Vergleichung mit dem älteren Zustande lehrte die volle Tragweite des Neuen, erst die Abstraktion schuf den Begriff des Bundesstaats zum Unterschiede von dem Staatenbunde. Durch diese Verfassung ist erst das amerikanische Volk als solches staatlich anerkannt worden; denn vorher gab es nur ein Volk eines einzelnen Staates, gab es kein amerikanisches Bürgerrecht, jetzt wird durch die Naturalisation in einem Staate von den Unionsbehörden das Bürgerrecht der Union verliehen. Die Souverainetät über das Land und alle Bestandtheile des Gebiets steht der Union, nur in Angelegenheiten von lokaler Natur den Einzelstaaten zu, doch so, dass diese jener nicht unterworfen sind. Es gibt keine Gehorsamspflicht der Regierungen gegenüber der Union, diese herrscht nicht über die Staaten, sondern über das Volk. Seit Gründung der Union ist ihre Macht unendlich vermehrt worden, die Zahl der Staaten ist auf

36 angewachsen mit 8 Territorien, die Bevölkerung ist von 3 Millionen auf 32 Millionen gestiegen. Ueber den Werth der Verfassung entscheidet ihre bis diesen Tag unveränderte Dauer, dass sie den gewaltigen Stürmen des Bürgerkriegs widerstand, sichert ihr den Bestand für die Zukunft.

Aehnlich war die Entwicklung in der Schweiz. Während früher die einzelnen Kantone einen ziemlich lockeren Staatenbund bildeten, innerhalb dessen es die allerverschiedensten Rechtsverhältnisse und Verfassungen gab, wurde durch die Revolution 1798 die helvetische Republik geschaffen, welche 1815 wieder dem Staatenbunde Platz machen musste. Als Aufgabe dieses Bundes werden die Handhabung der Ruhe und Ordnung im Innern und die Garantie der Kantonsverfassungen bezeichnet. Mit ängstlicher Sorgfalt war auch in dieser Verfassung die Souverainetät der Kantone gewahrt. Nach langen Wirren kam endlich, nachdem durch den Sonderbundskrieg die Reaktion gebrochen war, die neue Verfassung von 1848 zu Stande, welche im Wesentlichen an der Idee des Bundesstaats festhält. Seitdem ist die Schweiz in Bezug auf geordnetes politisches Leben ein Musterstaat geworden, während früher Zwietracht und Anarchie an vielen Orten zu beklagen war. Dass aber dieser Umschwung bei dem unveränderten Fortbestehen der grossen Verschiedenheiten in der Nationalität, im Glaubensbekenntnisse, in den politischen Anschauungen und den wirthschaftlichen Interessen nur der Errichtung des Bundesstaats zu danken ist, bedarf keines näheren Nachweises. Das Mas zwischen Centralisation und Einzelsouverainetät ist mit praktischem Blicke eingehalten; nur so weit als es die grossen Interessen der Nation erfordern, reicht die Centralisation, innerhalb dieses Bereichs verschwindet aber auch jede Scheidewand zwischen den Kantonen und Völkerschaften. Hieher gehört das Verhältniss zum Auslande, die Handelspolitik, Regelung von Münze, Mass und Gewicht u. s. w., während das ganze Gebiet des Privatrechts, die

Verwaltung u. s. w. den Kantonen ohne Einschränkung überlassen ist. Selbstverständlich ist die Einzelsouverainetät in gewissen Punkten durch die des Bundes beschränkt: Die Bundesverfassung geht allen anderen gesetzlichen Bestimmungen vor, dem Bunde steht ein Aufsichtsrecht über die Kantone und ihren gesammten Wirkungskreis zu, zur Aufrechthaltung der Ruhe kann der Bund interveniren u. a. m.

Zu diesen beiden Bundesstaaten ist im Laufe des verflossenen Jahres ein dritter im Norddeutschen Bunde hinzugekommen. Die Art seiner Entstehung ist noch zu sehr in Aller Gedächtniss, als dass sie einer Auseinandersetzung bedürfte. Auch bei uns hatte die Verfassung des deutschen Bundes, die noch dazu vollständig unentwickelt war, mit jedem Jahre ihres Bestehens eine grössere Unzufriedenheit erzeugt. „Der deutsche Bund, sagt Treitschke hist. pol. Aufs. S. 462, ist in Wahrheit ein Nebeneinander souverainer Fürsten, welche in Fällen äusserster Noth, vornehmlich wenn es gilt die liberalen Bestrebungen der Nation niederzuhalten, zu einer vorübergehenden, je nach Umständen losen oder festen Allianz zusammentreten. Der ganze Werth des Bundesrechts besteht in der Idee, welche, obwohl bis zum Unkenntlichen verhüllt, ihm zu Grunde liegt, in dem Gedanken, dass das tausendjährige Gemeinwesen unserer Nation, doch in irgend einer Form fortdauern, dass der Name Deutschland doch nicht gänzlich untergehen soll. Nach fünfzig Jahren schon ist der deutsche Bund auf jener tiefsten Stufe der Entwürdigung angelangt, welche das heilige Reich erst nach vielhundertjährigem Bestande erreichte.“ Welcher Gegensatz zu dem heutigen Zustande! Nach einem Jahre, welche Veränderung! — Die beiden Verfassungen der Schweiz und der Vereinigten Staaten haben so viel Gemeinsames, dass sie eine gemeinschaftliche Bearbeitung ermöglichen, wie Rüttimann in seinem lichtvollen Werke gezeigt hat, nicht so beim Norddeutschen Bunde. Obwohl er ein ausgebildeter Bundesstaat ist wie jene, musste er sich doch schon desshalb von der hergebrachten Idee des Bundesstaats unterscheiden, weil er vorwiegend aus monarchischen Staaten besteht, unter welchen ein Staat in so hohem Grade durch Macht und Ausdehnung hervorragt, dass die übrigen in keiner Weise ein wirksames Gegengewicht ausüben können. Man hat sich gewöhnt, in der Union das Ideal eines Bundesstaats zu erblicken, ein Vergleich mit dem Norddeutschen Bunde mag in vielen Stücken zu dessen Ungunst ausfallen. Sieht man aber auf durchaus zweckentsprechende Einrichtungen, auf das Rechnungtragen aller realen Verhältnisse, dann muss man unstreitig der norddeutschen Bundesverfassung den Vorrang zuerkennen, in keiner Verfassung tritt so wie hier die Richtung auf das Wesentliche und entschieden Praktische hervor. Das Ziel der Bundesverfassung, das auch in jeder Beziehung schon erreicht ist, war: die Herstellung einer einheitlichen Leitung des Kriegswesens und der auswärtigen Politik und die Schöpfung gemeinsamer Organe der Gesetzgebung auf dem Gebiete der gemeinsamen Interessen der Nation. Während in der Schweiz wie in Nordamerika der Bundesstaat auf gleichartigen Staaten ruht und die Centralgewalt von der Staatsgewalt der Einzelstaaten scharf getrennt ist, war dies im norddeutschen Bunde unmöglich. Man konnte Preussen, eine Grossmacht mit 24 Millionen Einwohnern, nicht auf gleiche Weise den Beschlüssen der Centralgewalt unterordnen wie jede der übrigen 21 Staaten, welche zusammen nur 5 Millionen Einwohner enthalten. In Folge davon übt Preussen als solches, als preussische Staatsgewalt, nicht eine durch Delegation übertragene abstrakte Centralgewalt, sondern als Mitglied des Bundes gerade die wichstigsten und wesentlichsten Regierungsrechte des Bundes aus. Darin liegt der hauptsächlichste Unterschied des norddeutschen Bundesstaats von der hergebrachten Idee des Bundesstaats, wie sie auf Grund der Verfassungen der Schweiz und von Amerika theoretisch festgestellt worden ist. Mit Recht nennt ihn Schulze (S. 432) einen Bundesstaat, wo der wesentlichste Theil der Bundesgewalt mit der Staatsgewalt des mächtigsten Einzelstaats organisch verbunden ist.

Innerhalb des Bundes gibt es nur ein Bundesbürgerrecht, nur Bundesgebiet. Für dasselbe gelten gleiche Zölle und Verbrauchssteuern, der Bundesgesetzgebung unterliegen die wichtigsten Angelegenheiten, verwaltet werden von Bundes wegen Posten, Telegraphen und Zölle, Flotte und Heer sind gemeinsam, über Allen steht eine kräftige Centralgewalt, welche freilich nirgends als solche definirt ist, sondern bald als Bundespräsidium, bald als Befugniss der Krone Preussen oder des Bundesfeldherrn auftritt. Im Uebrigen bleibt die Selbständigkeit der Einzelstaaten gewahrt. Ihren Ausdruck und praktische Anerkennung findet diese Einzelsouverainetät in dem Bundesrathe, einer Delegirtenversammlung der Fürsten des Bundes, welchem als gleich berechtigtes Organ, als Vertreter des Bundesvolks, der Reichstag zur Seite steht. In unglaublich kurzer Zeit ist der Ausbau der Bundesverfassung vollendet worden, binnen kurzer Zeit werden auch die noch unfertigen organischen Einrichtungen ausgebaut sein.

Betrachtung des geltenden Bundesstaatsrechts.

1. Souverainetät.

In jedem Staate gibt es eine suprema potestas, eine Souverainetät. Kommt dieselbe in monarchischen Staaten unzweifelhaft dem Staatsoberhaupte zu, denn nur dieses und neben ihm kein Anderer kann dieselbe ausüben, so muss sie in Republiken dem Volke als solchem zugeschrieben werden. Souverainetät ist die nicht von einem anderen abgeleitete, sondern auf eigenem Rechte beruhende höchste Herrschaft. Daher kann sie nicht den Beamten einer Republik zustehen, weil diese ihre Macht und Stellung vom Volke ableiten, sondern sie kann nur dem Volke, der Gesammtheit der Bürger zustehen, deren Willen ist Gesetz, deren Wohl ist Zweck des Staates. Die Ausübung ist freilich eine verschiedene, so wird die Souverainetät in den Wahlen vom Gesammtvolke, im gewöhnlichen Leben dagegen von den Beamten und Gerichten und den Kammern im Namen und Auftrage des Volkes ausgeübt.

In den vereinigten Staaten wie in der Schweiz ist auch ohne Widerrede das Volk als Träger der Souverainetät anerkannt. Zwar findet sich in der Konstitution keine ausdrückliche Anerkennung dieses Satzes, aber in den Verfassungen mehrerer Einzelstaaten findet er sich ausgesprochen, so in der von Maine, Vernont und Massachusetts (Rüttimann S. 79). Dasselbe ist der Fall bei der Schweizerischen Bundes-Verfassung. Wir sehen daraus, auch der Bundesstaat bedarf einer Souverainetät, dass sie in beiden Staaten dem Volke zusteht, ist keine Folge der Natur des Bundesstaats, sondern ergibt sich aus der republikanischen Regierungsform beider Staaten.

Auch in der Verfassung des norddeutschen Bundes vermisst man einen Ausspruch über die Souverainetät. Man kann zweifeln, wem sie zustehe. Dem Volke sie zuzuschreiben, verbietet die monarchische Staatsform fast aller Staaten, dem norddeutschen Bunde als solchem, dies hiesse eine unhaltbare Theorie auf diesen anwenden, ebenso wenig kann sie dem Bundesrathe oder dem Reichstage zustehen, es sind dies nur Organe des Bundes, aber auch nicht der Krone Preussen, obwohl dieselbe einen grossen Theil der Souverainetätsbefugnisse ausübt, denn dann würde der Bund selbst zum Einheitsstaate werden. Es fehlt daher an einem Träger der Souverainetät, es kann sohin nichts übrig bleiben als zu sagen, dass die Souverainetät nach wie vor den einzelnen Gliedern des Bundes zusteht: also in den monarchischen Staaten den Fürsten, in den drei Hansestädten der Bürgerschaft in der Ausübung durch den Rath. Für den Bundesstaat ist daher die Souverainetät kein nothwendiges Requisit und darin stimmt er mit dem Staatenbunde überein, denn auch in ihm gibt es nur eine Einzelsouverainetät, nicht aber eine Souverainetät des Gesammtstaates. Im norddeutschen Bunde ist freilich die Tendenz die Ausübung sämmtlicher wesentlichen Souverainetätsrechte der Krone Preussen zu übertragen nicht zu unterschätzen, denn ohne kräftigen Widerstand wird dies Bestreben in seinem Erfolge zur Herstellung des Einheitsstaates führen.

2. Gebiet.

Mit der Aufnahme eines Grundstücks in die Grenzen eines Einzelstaats gehört dieses zu dem Gebiete der Vereinigten Staaten. Durch diese Doppelangehörigkeit des Landes kann es Collisionen geben und nur eine Consequenz der Suprematie der Union ist, dass im Kriege wie im Frieden diese den Einzelstaaten vorgeht. Dieses Verhältniss wurde vielfach so aufgefasst, als ob den Einzelstaaten über alles in ihren Grenzen liegende Land ein Obereigenthum zustehe, woraus man dann unrichtig folgerte, dass der Union keine Territorialhoheit zustehe. Diese Territorialhoheit der Union ist ausdrücklich anerkannt in Art. I. Sekt. VIII. §. 16 der Konstitution, ihre Ausübung aber von der Zustimmung des betheiligten Staates abhängig.

Derselbe Grundsatz gilt in der Schweiz, doch findet sich keine darauf bezügliche Stelle in der Bundesverfassung.

Von der Gründung des nordeutschen Bundes an bildet das Gebiet aller contrahirenden Staaten das Gebiet des Bundes, nur Hessen-Darmstadt trat mit der Hälfte bei (Art. I.). Die Folge hievon ist klar, das ganze Bundesgebiet bildet ein einheitliches staatsrechtliches Ganze, innerhalb desselben kann vom Ausland oder Inland keine Rede mehr sein.

Wie in jedem souverainen Staate das Gebiet eine rechtliche Einheit ausmacht, innerhalb deren es keine Verschiedenheit der Landesangehörigkeit, kein Ausland und kein Inland geben kann, ebenso ist dies ein Requisit des Bundesstaats und stimmen hierin alle drei Bundesstaaten überein. Im Staatenbunde dagegen gibt es nur ein Gebiet der Einzelstaaten, welches unter sich in keinem staatsrechtlichen Verbande steht.

3. Bürgerrecht.

Wie es ein nothwendiges Grundgesetz jedes Staates ist, dass innerhalb desselben nur ein Bürgerrecht besteht, dass die Grundsätze, nach welchem dasselbe erworben und verloren wird, im Staate dieselben sind, ebenso ist dies ein Grundgesetz eines wahren Bundesstaats, während im Staatenbunde nur ein Bürgerrecht in und durch die Einzelstaaten existiren kann. Von dem Bürgerrechte unterscheidet sich, gleichsam als dessen Steigerung, das Aktiv- oder Staats-Bürgerrecht, worunter die Befugniss als Abgeordneter, Wähler oder Geschworner zu fungiren verstanden wird.

Das Bürgerrecht kann erworben werden durch Heirath, Geburt oder Naturalisation. Ueber die ersten beiden Erwerbsarten sind die Gesetze aller civilisirten Staaten gleich, wir bräuchen nicht näher darauf einzugehen. So lange die Vereinigten Staaten noch eine Konföderation bildeten, verstand es sich von selbst, dass es kein amerikanisches, sondern nur ein Bürgerrecht des einzelnen Staates gab, es wurde daher auch nur von dem einzelnen Staate und nicht vom Kongresse verliehen. Als die Union in's Leben trat, erwarben ohne Weiteres alle Bürger der einzelnen Staaten das Unionsbürgerrecht. Seitdem steht es unzweifelhaft fest, dass nur die Union die Befugniss hat, das Bürgerrecht zu verleihen, und dass die Staaten weder lästigere noch weniger lästigere Bedingungen, als die Gesetzgebung der Union enthält, aufstellen können. Der Aufzunehmende muss seine Absicht, Bürger der Vereinigten Staaten zu werden, bei einem Unions-Gerichtshofe beschwören und erwirbt nach Ablauf von drei Jahren das Bürgerrecht. Seit auch durch die civil rights bill die Beschränkung auf die Weissen weggefallen ist, besteht kein Unterschied mehr unter den innerhalb der Union Geborenen. Dass jeder Bürger der Union auch Bürger des Staates ist, in welchem er seinen dauernden Wohnsitz hat, ist selbstverständlich. Hieraus folgt jedoch noch nicht, dass auch ein Angehöriger eines andern Staates in einem fremden Staate politische Rechte ausüben kann und es liegt im Interesse der Staaten, schon wegen der Wichtigkeit der Wahlen dies zu verhindern. Ferner kann aus obigem Satze nicht gefolgert werden, dass auch der Angehörige eines andern Staates Antheil am Genusse des öffentlichen Vermögens habe oder dass er nicht gehalten werden könne, in einem Civilprocesse Caution zu leisten. All diese Consequenzen können nicht gezogen werden, dagegen hat jeder Bürger das uneingeschränkte Recht des Aufenthalts, das Recht, Handel und Gewerbe und jede Berufsart zu betreiben, Eigenthum jeder Art zu erwerben, gerichtlichen Schutz anzusprechen und nicht anders besteuert zu werden als die Einheimischen. Dies ist ausgesprochen in Art. IV. Sekt. 2. §. 1: Die Bürger eines jeden Staates haben auf alle Privilegien und Freiheiten eines Bürgers in allen andern Staaten Anspruch.

Auch in der Schweiz gibt es nur ein Bundesbürgerrecht, doch wird dasselbe ganz selbständig von den Kantonen verliehen und steht dem Bunde nur ein Aufsichtsrecht zu, damit es nicht an Fremde vor ihrer förmlichen Entlassung aus dem Heimathlande verliehen werde. Mit der Aufnahme in eine Gemeinde erlangt Jemand das Kantonsbürgerrecht und damit das Bundesbürgerrecht. Auch hier kann er in allen anderen Kantonen die Rechte und Privilegien eines Schweizerbürgers wie die eigenen Kantonsangehörigen beanspruchen. In der Schweiz gilt noch der bemerkenswerthe Satz, dass Niemand durch irgend welche Handlungen des Bürgerrechts verlustig werden kann, ohne seinen Willen kann Niemand es verlieren.

Das Bürgerrecht ist die Grundlage des Aktivbürgerrechts, in den meisten Staaten von Nordamerika werden jedoch ausser jenem noch gewisse Vorbedingungen verlangt, fast überall ist der Besitz eines wenn auch kleinen Einkommens erforderlich, in einigen Staaten wird verlangt, dass man lesen und schreiben könne. Auch in der Schweiz sind die Vorbedingungen des Aktivbürgerrechts nicht in der Verfassung geordnet, sondern der Gesetzgebung der Kantone vorbehalten. Art. I. Sekt. 2. §. 1 der Konstitution und Art. 63 der Schweizer Verfassung stimmen materiell überein. Dies mag einen praktischen Grund gehabt haben, heut zu Tage hat es ihn nicht mehr. Es widerstrebt durchaus dem politischen Gefühle, diesen wichtigsten Bestandtheil des Staatsrechts nicht einheitlich geordnet zu sehen, es widerstrebt durchaus, die politischen Rechte der Bürger des Bundesstaats von den Ansichten der Einzelstaaten und Kantone abhängen zu lassen, während doch das Bürgerrecht selbst nur ein vom Bundesstaate verliehenes ist. Da die Nordamerikanische Verfassung der Schweizer Verfassung nicht als Muster vorgelegen hat, so waren es jedenfalls dieselben Motive, welche diese Uebereinstimmung hervorbrachten.

Die Verfassung des norddeutschen Bundes enthält über diesen Punkt gar keine Bestimmung, dieselben sind in den einzelnen Staaten verschieden, doch muss nach Art. 3 der Angehörige eines jeden Bundesstaats zur Erlangung des Staatsbürgerrechts unter denselben Voraussetzungen zugelassen werden wie der Einheimische. Dem Auslande gegenüber haben alle Bundesangehörigen gleichmässigen Anspruch auf Bundesschutz (Art. 3). Damit ist der Bundesangehörige in Bezug auf die Verfolgung und den Schutz seiner Privatrechte im verbündeten Auslande dem Angehörigen des letzteren gleichgestellt. Dieses Bundesindigenat bildet nicht etwa einen Gegensatz zum Landesindigenat, sondern letzteres bleibt nach wie vor bestehen, es wird nur in Art. 3 ein neuer Erwerbsgrund geschaffen, indem für jeden Angehörigen eines Bundesstaats in Bezug auf das in jedem andern Bundesstaate bestehende Indigenat ein neuer Erwerbsgrund geschaffen wird, welcher in dem bereits vorhandenen Indigenat enthalten ist. Dieses Bundesindigenat ist geringer dem Inhalte nach als das ursprüngliche Landesindigenat, es gewährt z. B. kein Ortsheimathrecht oder einen Anspruch auf Unterstützung im Verarmungsfalle. Für die Zukunft sind durch Art. 4 der Verfassung die Bestimmungen über Staatsbürgerrecht der Bundesgesetzgebung vorbehalten. Mit der Zeit werden die Bedingungen zur Erlangung des Staatsbürgerrechts dieselben werden, für den Anfang mochten sich unübersteigliche Hindernisse darbieten.

4. Centralgewalt.

Es versteht sich von selbst, dass in jedem Bundesstaate gewisse Gegenstände der Bundesgesetzgebung vorbehalten werden müssen, ebenso dass diese Kompetenz in der Verfassung genau begrenzt ist, weil diese Befugnisse nicht von selbst aus dem Staatsbegriffe wie im Einheitsstaate sich ergeben. Art. I. Sekt. 8 der Unions-Verfassung, Art. 19—24, 29—38 der Schweizer Verfassung und Abschnitt II. der des norddeutschen Bundes enthalten die hierauf bezüglichen Bestimmungen. Wie schon erwähnt, hat man sich bei jeder dieser Verfassungen weniger an systematische oder logische Correktheit als an das praktische Bedürfniss gehalten, dies zeigt sich namentlich bei diesem Abschnitte, für die bestehende Fassung war materiell und formell lediglich die Rücksicht auf die Zweckmässigkeit massgebend. Das Gesetzgebungsrecht der Centralgewalt ist in der Union am dürftigsten ausgestattet, nur Gesetze über Naturalisation und das Bankerottwesen und die Bestimmungen über Kaperwesen und Prisengerichte sind ausschliesslich der Union vorbehalten. Ausserdem gehört zur Competenz der Union: Zoll- und Steuerwesen, Handels- und Münzwesen, die Post, der Patent- und Nachdrucksschutz, das Kriegs- und Marinewesen und selbstverständlich übt sie bezüglich dieser das Gesetzgebungsrecht, wie es §. 17 jenes Abschnitts ausspricht. In Sekt. 10 §. 1 und 2 sind noch die meisten jener Befugnisse ausdrücklich dem Wirkungskreise der Einzelstaaten entzogen. Dies geschah wohl nur, um jeden Zweifel von vorneherein abzuschneiden.

Nach der Schweizer Bundesverfassung Art. 8. steht dem Bunde allein zu: Krieg zu erklären, Frieden zu schliessen und Bündnisse und Staatsverträge jeder Art mit dem Auslande einzugehen. Ausserdem ist noch das Zoll- und Postwesen, das Münzregal, Mass und Gewicht der Regelung des Bundes vorbehalten.

Am klarsten sind die hierauf bezüglichen Bestimmungen in der norddeutschen Bundesverfassung. Zunächst ist in Art. 2 der wichtige Satz ausgesprochen, dass innerhalb seiner verfassungsmässigen Kompetenz der Bund das Gesetzgebungsrecht ausübe mit der Wirkung, dass die Bundesgesetze den Landesgesetzen vorgehen, ferner dass die Bundesgesetze ihre Gültigkeit durch ihre Verkündung von Bundes wegen erhalten. Zwar verstehen sich diese beiden Sätze in den Vereinigten Staaten wie in der Schweiz von selbst, folgen sie doch schon ohne weiteres aus der Idee des Bundesstaats, aber ihre klare Präcisirung ist da noch weniger überflüssig, wo bisher das Gegentheil sich eingelebt hatte. Damit ist der Bundesstaat berufen, innerhalb seines Wirkungskreises formell und materiell gemeines Recht zu schaffen und gerade diese Fähigkeit muss am freudigsten in Deutschland begrüsst werden, wo als der empfindlichste Nachtheil auf dem ganzen Gebiete des Rechts der empfunden wurde, dass selbst Kaiser und Reich nur subsidiär gemeines Recht zu schaffen im Stande waren, und dass selbst diese Befugniss dem deutschen Bunde entzogen war. In Art. 4 ist sodann die Kompetenz der Bundesgesetzgebung näher bestimmt. Durch die zu diesem Artikel angenommenen Amendements ist diese in einer Weise bestimmt, dass sie vollkommen befriedigen muss. Nur als Fortschritt gegenüber dem Entwurfe ist zu bezeichnen, dass auch das Militärwesen und die Marine der Bundesgesetzgebung unterstellt ist. Leider wurde nicht das ganze Gebiet der Justitzgesetzgebung dem Bunde zugesprochen, sondern nur Obligationenrecht, Strafrecht, Handels- und Wechselrecht und das gerichtliche Verfahren, obwohl gerade die bedeutendsten Rechtslehrer des Reichstags das ganze bürgerliche Recht hereingezogen wissen wollten. Der norddeutsche Bund hat jetzt nach noch nicht einjährigem Bestehen schon gezeigt, dass es ihm Ernst mit seiner Aufgabe ist. In dieser kurzen Zeit sind eine Reihe der wichtigsten Gesetze erlassen worden. Wäre auch

bei der Berathung oft eine grössere Gründlichkeit zu wünschen
gewesen, so sind dieselben doch vortréfflich und einheitlich aus-
gearbeitet und zeugen alle von hervorragender legislatorischer
Befähigung.

Ausser der Gesetzgebung zeigt sich die Centralgewalt hauptsächlich in dem ihr durch Art. 4 gewährleisteten Oberaufsichts-
recht über alle Gegenstände, an deren einheitlichen Leitung die
Gesammtheit ein Interesse hat. Es gehören hieher die Artikel:
4, 31, 33, 35, 36, 56, 54 und 41—50.

5. Organe der Bundesgewalt.

a) In den Vereinigten Staaten.

In jedem Staate muss es eine höchste, eine entscheidende
Macht geben, die Organe dieser Staatsgewalt theilen sich aber
nach drei Kategorien, welche man gewöhnlich die gesetzgebende,
vollziehende und richterliche Gewalt nennt. Früher bildete die
Lehre von dem Gleichgewicht der Staatsgewalten oder von der
Trennung der Funktionen einen Bestandtheil einer jeden Staats-
lehre und namentlich Hobbes, Locke und Montesquieu (XI. 6)
haben dieselbe weiter ausgebildet. In den Monarchien vereinigt
der Herrscher in seiner Person jene drei Gewalten und nur in
den Organen der Regierung findet sich die Trennung derselben,
ebenso ist es in England. In der Unionsverfassung gehört das
Princip von der Trennung der Gewalten zu den Fundamental-
sätzen, aber hier ist die höchste entscheidende Gewalt nicht in
allen Punkten dieselbe wie in England und anderen Monarchien,
sondern es ist die höchste Gewalt je nach der Beschaffenheit der
Dinge verschieden. Gerade in diesem Punkte glaubte man die
englische Verfassung nachzubilden und bestimmte einen geraden
Gegensatz von ihr. In dem Bestreben, die Centralregierung so
mächtig als möglich zu machen, wurde gerade in sehr wichtigen
Angelegenheiten der Centralregierung aller Einfluss abgeschnitten.

So war die Sklavenfrage der Regelung durch die Centralregierung entzogen, da die Gewalten, welche nicht ausdrücklich an diese abgetreten wurden, in den Händen jener blieben. Dasselbe gilt von anderen wichtigen Angelegenheiten, wie vom Stimmrechte für das Repräsentantenhaus.

Der wichtigste Bestandtheil jenes Grundsatzes ist die Trennung der gesetzgebenden von der vollziehenden Gewalt, welche auch von Montesquieu als Grundsatz aller wahren Freiheit bezeichnet wird. Weiter ausgeführt besteht das Wesen jener Theorie darin, dass keiner Behörde Befugnisse eingeräumt werden, die ihrer Natur nach einer andern Kategorie zukommen, dass die Entscheidung einer Unterbehörde nur durch die Oberbehörde derselben Kategorie reformirt werden kann, dass jeder Entscheid einer obersten Behörde absolut ist und dass Niemand gleichzeitig amtliche Funktionen in mehr als einer dieser Kategorien ausüben kann. Selbstverständlich kann eine mit voller Schärfe durchgeführte Trennung der Funktionen zur Negation der Staatseinheit führen, daher findet sich in den Verfassungen mehrerer Staaten, in welchen jenes Princip ausdrücklich anerkannt ist, eine Einschränkung: so in der Verfassung von Maine: „ausgenommen in den Fällen, in welchen die Verfassung eine Abweichung vorschreibt", und in den von New Hampshire, „dass die Trennung und Unabhängigkeit der gesetzgebenden, vollziehenden und richterlichen Gewalt der Natur eines freien Staates gemäss so weit ausgedehnt werden solle, als es möglich ist, ohne die Einheit des Staats zu gefährden". Auf sein gebührendes Mass zurückgeführt, wie er in England von jeher in Geltung war, besteht jener Satz darin, dass der Souverain bei Ausübung der Staatsgewalt sich bestimmter verfassungsmässiger Organe bedienen muss, und in dieser Fassung ist er ein Grundsatz jeder constitutionellen Monarchie und enthält den grössten Fortschritt des modernen Staatsrechts.

In der Schweiz wusste man vor der grossen Reform des Jahres 1848 nichts von der Trennung der Gewalten, Gerichte und Regierung waren fast überall dieselben Behörden, auch gegenwärtig, wenn auch Justiz und Verwaltung gleichfalls getrennt sind, besteht noch ein bedeutendes Uebergewicht des Gesetzgebungs-Faktors über jene. In sämmtlichen deutschen Staaten sind zwar Justiz und Verwaltung gleichfalls getrennt, aber nirgends geht die Trennung der Funktionen so weit wie in den Vereinigten Staaten, dass auch Richter und Vollzugsbeamte von der Gesetzgebung in der Volksvertretung ausgeschlossen wären. Eine so weit gehende Trennung liegt zudem gar nicht in jenem Principe, durch welches nur die alleinige Ausübung der Gesetzgebung durch die Staatsregierung ausgeschlossen wäre.

Der wichtigste Beamte der Vereinigten Staaten ist der Präsident, ihm allein steht die Executive zu, nur er ist für die Regierung verantwortlich, die Minister sind ihm verantwortlich. Ohne Zweifel hat diese Einrichtung viele Vortheile. Durch die Einheit der obersten Behörde ist die konsequente Durchführung eines einheitlichen wohldurchdachten Regierungssystems ermöglicht. Allerdings erzeugt ein Missgriff in der Wahl des Einzelbeamten viel schwerere Nachtheile, als dies in einem Kollegium möglich ist und nur zum Theil sind dieselben durch eine erhöhte Verantwortlichkeit ausgeglichen. Es wird auch als Fehler dieses Systems angeführt, dass dasselbe in der Regel mittelmässige Männer an die Spitze bringen werde, und in der That sassen von Jackson bis auf Lincoln nur Männer zweiten Rangs auf dem Präsidentenstuhle. Auch Lincoln war bei seiner Wahl ein voltständig unbekannter Mann. Die Erklärung dieser Erscheinung ist einfach. *) Wo verschiedene politische Parteien mit der höchsten Erbitterung gegen einander kämpfen, um ihren Kandidaten durchzusetzen,

---

*) Laboulaye histoire des Etats-Unis III. 449.

werden sie sich leichter versucht fühlen, als solchen einen Mann
von unbekanntem Rufe aufzustellen, als einen hervorragenden
Mann, der jedenfalls auch eine festgeschlossene Reihe von persön-
lichen und politischen Feinden besitzt.

Die Amtsdauer des Präsidenten ist vier Jahre mit Wiederwählbarkeit. Diese hat zwar zahlreiche Gegner, doch lässt sich
dafür hervorheben, dass gerade in politischen Krisen schon mit
dem Namen eines Mannes theilweise der Sieg einer Idee ver-
knüpft ist. In der grossen Reihe der zum zweiten Male ge-
wählten Präsidenten war sicher die Wiederwahl von Washington
und Lincoln von der höchsten politischen Bedeutung. Doch ist
die Zahl der Gegner der Wiederwählbarkeit grösser als ihre
Vertreter und auch in der Verfassung der südstaatlichen Konföderation war sie ausdrücklich ausgeschlossen.

Die Wahl des Präsidenten selbst erfolgt durch Wahlmänner
(Art. II. Sekt. 1), indem jeder Staat so viele Wahlmänner bezeichnet, als er Senatoren und Repräsentanten zum Kongresse
schickt. An dem durch den Kongress festgesetzten Tage erfolgt
durch die ganze Union die Stimmgebung. Dass bei dieser Wahlart die Minderheit gar nicht zur Geltung kommt, versteht sich
von selbst, dies findet aber noch in höherem Grade dadurch statt,
dass jeder Staat gesondert wählt. Kommt bei der ersten Wahl,
wobei je die Wahlmänner eines Staates wählen und jeder Staat
dann als eine Stimme zählt, nicht eine absolute Mehrheit heraus,
so hat das Repräsentantenhaus unter den drei Kandidaten, welche
die meisten Stimmen erhielten, einen auszuwählen. Die ganze
Wahl ist durch den 12. Zusatz zur Verfassung neu regulirt worden.
Diese Wahlart hat unter Theoretikern wie Praktikern wenig An-
hänger. Hat die indirekte Wahl überhaupt viele Nachtheile, so
hat sie deren noch weit mehr, wenn es sich um die Wahl eines
Regierungs - Oberhauptes handelt. Wohl Jeder, auch der Unge-
bildetste, ist sich darüber klar, wen er zum Präsidenten haben will,

eine sehr verwickelte Kombination ist aber nöthig, um ihm die Folgen klar zu machen, welche sich ergeben, wenn er diesen oder jenen Wahlmann auf den Zettel schreibt, abgesehen von der Schwierigkeit, nun auch gleich eine nicht unerhebliche Anzahl von Wahlmännern bei der Hand zu haben. Die Folge davon ist, dass die Parteien die Wahl in die Hand bekommen und sich sehr Viele begnügen, die Wahlliste einer Partei abzuschreiben. Nicht die Nation, sondern die Demagogen und die Leiter der Clubs wählen den Präsidenten.

Der Präsident allein übt die vollziehende Gewalt aus. Er ist dem Kongresse weder untergeordnet noch Rechenschaft schuldig. Die Botschaft, welche er alljährlich an den Kongress richtet, hat die Bedeutung einer Thronrede in monarchischen Staaten, nicht die eines Rechenschafts-Berichtes. Bei seinen Handlungen ist er zwar an die gültigen Gesetze gebunden, doch kann er in den meisten Fällen das Zustandekommen eines ihm lästigen Gesetzes durch sein Veto hindern. Zwistigkeiten mit der Volksvertretung können ihn zwar nicht seiner Stelle entsetzen, aber sie werden, wie es die heutige Geschichte Amerikas zeigt, auf jede mögliche Weise ihm Schwierigkeiten zu bereiten suchen und dadurch die Executive beeinträchtigen, wenn nicht lahm legen. Befolgt er keine den Anschauungen des Hauses entsprechende Politik, so hat dieses das Recht: eine schriftliche Interpellation zu erlassen oder die Vorlegung von Aktenstücken zu verlangen, mündliche Interpellationen sind nämlich nicht möglich, da weder der Präsident noch seine Minister den Sitzungen des Hauses beiwohnen; oder der Kongress kann über das Verhalten der Regierung Lob oder Tadel aussprechen oder sie auffordern, andere Massregeln zu ergreifen. Das wirksamste Mittel bleibt jedoch immer Verweigerung der zur Ausführung der Regierungspläne nöthigen Mittel. Dieses Mittel ist selbst in der Verfassung garantirt: Art. I. Sekt. 9 bestimmt: no money shall be drawn from the treasury, but in consequence of approbations made by law. Da übrigens das amerikanische Budget beliebig specialisirt werden kann, so kann durch Anwendung jenes Grundsatzes nie die Regierung selbst gestört werden, denn nothwendige Ausgaben müssen immer bewilligt werden. Unmöglich wäre es z. B. den Gehalt des Präsidenten nicht zu genehmigen oder zu mindern. Bei ernstlichen Konflikten bleibt noch als letztes Mittel die Appelation an das Volk durch Auflösung des Hauses und Anordnung von Neuwahlen.

Der Präsident übt zwar das Ernennungsrecht der Richter, diese selbst sind aber ganz unabhängig von ihm, selbst wegen grober Pflichtverletzung hat nur das Repräsentantenhaus das Recht der Anklage vor dem Senate. Die Aufgabe des Präsidenten ist (Art. II. Sekt. I. §. 1. Sekt. III.) die vollziehende Gewalt zu üben und für die getreuliche Handhabung der Gesetze Sorge zu tragen. Zu diesem Zwecke kann er zwar über die Kräfte und Beihilfe eines jeden Bürgers verfügen, nicht aber über die Behörden der einzelnen Staaten. So konnte zum Schutze der Sklavenhalter jeder Einzelne requirirt werden, während weder der einzelne Staat noch seine Behörden zur Beihilfe angehalten werden konnten. Die Folge hievon ist, dass er eine grosse Anzahl von Bundesbeamten und Angestellten nöthig hat, welche alle ihm verantwortlich sind, die er sogar beliebig abberufen kann. Nach Art. II. Sekt. II. §. 2 soll der Präsident die durch Gesetz vorgesehenen Beamten mit Beirath und Zustimmung des Senats ernennen, dagegen kann er nicht neue Stellen schaffen und der Senat kann nur einer Ernennung widersprechen und sie dadurch hindern, darf aber nicht selbst eine Wahl treffen. Sind Präsident und Senat in Zwietracht, so kann diese Vorschrift arg zum Nachtheile des Staats missbraucht werden, und die Geschichte liefert mehr als ein eclatantes Beispiel hiefür.

Weit zweckmässiger wäre dem Präsidenten das uneingeschränkte Ernennungsrecht zu verleihen, wie er auch das Abberufungsrecht ohne Einschränkung ausübt. Nach diesem appointing and removing power kann er jeden Beamten auch vor Ablauf seiner Amtsdauer, selbst wenn dieselbe durch ein Gesetz festgesetzt ist, abberufen und dadurch faktisch jenes Zustimmungsrecht des Senats einschränken. Ueber die Ausdehnung dieses Rechts hat sich in der jüngsten Zeit ein heftiger Streit entsponnen. Präsident Johnson hat den Kriegsminister Stanton seiner Stelle enthoben ohne Zustimmung des Senats und auf gewaltsame Weise entfernt, als aber der an jene Stelle gesetzte General Grant diese wieder niederlegte, nahm Stanton seinen Platz wieder ein, der Präsident aber setzte General Thomas als Kriegsminister ein und machte Miene, Stanton zu verhaften, als dieser ihm zuvorkam und jenen gewaltsam entfernte. Alles gegen den Willen der Mehrheit des Senats. Dass sich der Präsident durch dieses Verfahren einer groben Ungesetzlichkeit schuldig machte, ist ausser Zweifel, denn er hatte zur Amtsentsetzung Stantons nicht die Zustimmung des Senats erholt und die tenure of office act verbietet ausdrücklich jede Amtsentsetzung während der Dauer der Präsidentschaft, unter welcher der betreffende Beamte eingesetzt wurde, ohne Genehmigung des Senats. Die Rechtfertigung Johnson's aber, dass nicht er, sondern Lincoln jenen eingesetzt, ist allzu sophistisch, die Berufung auf Art. II. Sekt. 2 der Verfassung aber unrichtig.

Das wichtigste Verfassungsrecht des Präsidenten ist das ihm durch Art. I. Sekt. VII. §. 2 eingeräumte Veto. Jede vom Kongresse angenommene Bill nämlich muss ihm vorgelegt werden, unterzeichnet er sie, so erlangt sie damit Gesetzeskraft, billigt er sie nicht, so soll er sie mit schriftlichen Erinnerungen dem Hausse zurückschicken. Stimmen hierauf nach erneuerter Berathung zwei Drittheile des Hauses für dieselbe, so wird sie dem andern Hause in gleicher Weise übermacht, und erhält sie auch hier dieselbe Majorität, so erlangt sie gegen das Veto Gesetzeskraft. Beide

Abstimmungen sind namentlich vorzunehmen. Wird eine Bill nicht innerhalb zehn Tagen zurückgeschickt, so erlangt sie ohne Unterschrift Gesetzeskraft. In diesem Rechte liegt die grosse Härte, dass die Regierung genöthigt sein kann, Gesetze gegen ihren Willen zu vollziehen, doch ist diese Strenge etwas gemildert durch die nothwendige Mehrheit von zwei Drittheilen, welche nur selten zu erreichen sind, wie gegenwärtig, wo der Präsident im Widerspruche mit der Mehrheit des Volkes sein Amt ausübt. Das Institut des Veto ist eine Consequenz jenes Grundsatzes, wonach der Präsident als Inhaber der vollziehenden Gewalt den Gesetzgebungsfaktoren vollkommen gleichberechtigt gegenüber steht. Trotz der zahlreichen Gegner des Veto ist dasselbe ein nothwendiger Bestandtheil des Verfassungsrechts, wenn nicht die Regierung ganz in die Hände des Kongresses übergehen soll.

Dem Präsidenten steht ferner die Vertretung der Union gegenüber dem Auslande zu. Es übt zwar der Kongress durch Interpellationen einen gewissen Einfluss auf die äussere Politik aus, und bei Ernennung des diplomatischen Agenten ist der Präsident an die Zustimmung des Senats gebunden, aber auf die eigentliche völkerrechtliche Vertretung hat keiner von beiden Einfluss. Er allein (Art. II. Sekt. 3) empfängt die fremden Gesandten, schliesst Verträge mit fremden Staaten ab, doch bedarf er hiezu die Zustimmung von zwei Drittheilen der Senatoren. Kriegserklärungen können jedoch nur vom Kongresse ausgehen, doch hat er keine Gelegenheit, auch den Friedensschluss zu erzwingen. Vollmacht und Instruktion der Gesandten ist ausschliesslich Sache des Präsidenten, mit ihm und seinen Ministern correspondiren diese wie auch die Gesandten der fremden Staaten. In der Regel wird ein Staatsvertrag erst nach erfolgtem Abschlusse vorgelegt, zu seiner Gültigkeit ist die Zustimmung von zwei Drittheilen der anwesenden Senatoren erforderlich, doch kann der Senat keinen Einfluss auf den Gang der Verhandlung üben. Ist ein Staatsvertrag zu

Stande gekommen, so bedarf er selbst dann keiner Bestätigung durch ein vom Kongresse zu erlassendes Gesetz, wenn er Vorschriften enthält, welche den Charakter eines Gesetzes an sich tragen, denn nach Art. VI. Sekt. 2 sollen Staatsverträge (all treaties made or which shall be made) das oberste Landesgesetz sein (the supreme law of the land). Verpflichtet ein solcher zu Geldleistungen, so ist dies ein Fall, in welchem der Kongress von seinem Verneinungsrechte keinen Gebrauch machen darf. Noch im vorigen Jahrhunderte (1792) war diese Theorie nicht allgemein anerkannt, man debattirte über die Möglichkeit, dass das Haus den zur Ausführung eines Staatsvertrags nothwendigen Kredit nicht bewilligen könne, seitdem aber hat namentlich der für die Ausbildung des amerikanischen Staatsrechts höchst einflussreiche Daniel Webster (The works of D. Webster. Boston 1858. Vol. VI.) IV. 178 überzeugend dargethan, dass das Haus, wenn es in solchem Falle den Kredit verweigert, ebenso pflichtwidrig handelt, als wenn es den Gehalt der Richter nicht bewilligt. Die Folge dieses Satzes ist, dass die Regierung durch einen Staatsvertrag, vorausgesetzt natürlich, dass er sich innerhalb der verfassungsmässigen Schranken bewegt, die Nationalehre in weitgehender Weise binden kann, denn die Macht, welche der Regierung gegeben ist, indem sie einen Staatsvertrag abschliesst (the treaty-making power), ist geradezu absolut. Auch im englischen Staatsrechte bildet es einen anerkannten Satz, dass das Parliament den zur Ausführung eines gehörig zu Stande gekommenen Staatsvertrags nothwendigen Kredit nicht verweigern kann. Nur in Deutschland war dieser Satz bisher unbekannt. Ueber seine theoretische Richtigkeit kann kein Zweifel bestehen, wie Gneist mit überzeugender Klarheit in seiner Schrift: „Budget und Gesetz nach dem konstitutionellen Staatsrechte Englands" nachgewiesen hat.

Dass ein Staatsvertrag nicht ohne Weiteres über Gebiet der

Einzelstaaten verfügen kann, ergibt sich aus der Souverainetät dieser letzteren. Aus der absoluten Gültigkeit der Staatsverträge, aus der Plenipotenz der Staatsregierung in solchem Falle ergibt sich, dass weder die Einzelstaaten der Durchführung eines Staatsvertrags sich widersetzen können und dürfen, noch dass irgend welche Bestimmungen der Gesetzgebung eines Staates widersprechende Sätze eines Staatsvertrags aufheben würden. So konnte das Recht der Freizügigkeit, das Recht, Grund und Boden zu erwerben, das durch Handelsverträge den Angehörigen verschiedener Staaten eingeräumt wurde, nicht durch die entgegenstehenden Bestimmungen mehrerer Verfassungen aufgehoben werden. Nach Rüttimann S. 301 ist auch die konstante Praxis des obersten Gerichtshofs der Union, dass die Bestimmungen eines gehörig abgeschlossenen Staatsvertrags den Verfassungen und Gesetzen der Einzelstaaten übergeordnet seien.

Ein weiteres sehr wichtiges Recht des Präsidenten ist das Oberkommando über Armee und Flotte (Art. II. Sekt. II. §. 1). Damit ist ihm die ganze Militärmacht übertragen, er allein ernennt alle Kriegsgerichte und bestätigt ihre Urtheile, er allein kann einen Waffenstillstand abschliessen u. s. w. Offiziere und Militärbeamte dagegen ernennt er nur in Gemeinschaft mit dem Senate. Aus diesem „Oberbefehlshaberrecht" wurde im letzten Kriege das Recht abgeleitet, zur Führung des Kriegs Papiergeld auszugeben. Fast klingt es absurd, dass der Präsident nicht den geringsten Einfluss auf die Besteurung des Landes hat, aber doch berechtigt ist, Milliarden unverzinsliche Staatsschuld (greenbacks) ohne Zustimmung des Volks auszugeben. In Folge dessen hat er die Macht, einen Krieg Jahre lang ohne Einwilligung, ja gegen den Willen des Volks fortzuführen.

Für den Fall der Erledigung des Präsidentenstuhles oder einer vorübergehenden Verhinderung tritt der Vizepräsident an seine Stelle, welchem ausserdem als Geschäftskreis das Präsidium des Senats übertragen ist. Geht der Präsident mit Tod ab, so tritt ohne Weiteres der Vizepräsident an seine Stelle und dadurch ist sowohl eine in kritischen Zeiten sehr verhängnissvolle Zwischenregierung als die sichere Aussicht auf Unruhen vermieden, doch ist die Einrichtung an sich, wie jede Wahl von Ersatzmännern zu verwerfen. Niemals wird der Ersatzmann mit gleicher Ueberzeugung und Gewissenhaftigkeit gewählt, wie der Präsident selbst. Der Vicepräsident wird stets für eine Sinecure gewählt, an die Möglichkeit der Succession wird gar nicht gedacht. Dass in kritischen Zeiten hieraus nur Unheil erwachsen kann, versteht sich von selbst. Die Richtigkeit dieser Ansicht hat sich bewährt, so oft überhaupt der Vicepräsident auf den Präsidentenstuhl gelangte (1841 John Tyler, 1850 Millard Fillmore und 1865 Johnson) und am eclatantesten bei dem jetzigen Präsidenten.

Neben dem Präsidenten nehmen Theil an der Regierung die Minister und der Senat. Wie auch die übrigen Beamten werden die Minister vom Präsidenten mit Zustimmung des Senats ernannt, dass er hiebei lediglich Männer seiner Partei berücksichtigt, versteht sich von selbst. Sitte ist, die Minister aus verschiedenen Staaten zu nehmen. Jederzeit kann der Präsident von jedem Minister ein schriftliches Gutachten über Geschäfte seines Departements verlangen, dies ist in Art. II. Sekt. II. §. 1 vorgeschrieben, merkwürdiger Weise der einzigen Stelle in der Verfassung, welche von den Ministern handelt. Die Einrichtung, Geschäftsbehandlung u. s. w. ist ähnlich wie bei den Ministerien in Monarchien, nur gibt es keinen Vorstand des Kabinets, doch gilt faktisch der Staatsminister als der wichtigste. Die Rechte und Pflichten der einzelnen Minister sind in Spezialgesetzen festgestellt, ihre Stellung lässt sich folgendermassen bezeichnen: sie sind dem Präsidenten als dem Inhaber der vollziehenden Gewalt untergeordnet und verantwortlich, aber weder seine willenlosen Diener, noch Diener des Kongresses. An den Berathungen des letzteren können sie nicht Theil nehmen, da sie nicht Mitglieder desselben sein können, eine von der englischen total abweichende Einrichtung, wo jeder Minister nothwendig Mitglied eines Hauses sein muss. Hiedurch gewinnt nicht nur das Parlament, sondern auch das Ministerium, da beide fortwährend in direktem Verkehre und lebhaften Beziehungen zu einander stehen. So hat in Amerika das Bestreben, Regierung und Gesetzgebung auseinander zu halten, zu einer Abschwächung beider geführt.

Der dritte Regierungsfaktor ist der Senat. Er besteht aus je 2 Mitgliedern aus jedem Staate mit einer Amtsdauer von sechs Jahren. Die Wahl geschieht durch die gesetzgebende Behörde jedes Staats, doch ist die Einrichtung der Wahl in den einzelnen Staaten verschieden. Die Folge der indirekten Wahl ist, dass jeder Staat wo möglich seine hervorragendsten Männer schickt und dass daher nicht das Repräsentantenhaus, sondern der Senat die Blüthe der Intelligenz der Vereinigten Staaten enthält. Jedes dritte Jahr wird ein Drittheil der Senatoren ausgeschieden, so dass alle sechs Jahre der Senat vollständig erneuert ist. Die Fälle, in welchen seine Zustimmung zu Regierungs-Akten erforderlich ist, sind bereits hervorgehoben, ausserdem übt er in Gemeinschaft mit dem Repräsententenhause das Gesetzgebungsrecht und bei Anklagen gegen Beamte die Richterfunktion. Gegenwärtig sitzt er zu Gericht über die Anklagen gegen den Präsidenten Johnson wegen Missbrauchs der Amtspflicht, zum ersten Male seit Bestehen der Union.

Es erhellt, dass eine complicirtere Theilung der höchsten Gewalt nicht wohl erdacht werden kann. Die höchste gesetzgebende Gewalt übt der Kongress, die Verwaltung steht dem Präsidenten zu und dieser kann bei Gesetzen, mit denen er nicht einverstanden ist, sein Veto einlegen, welches aber wieder durch die Uebereinstimmung von zwei Drittheilen beider Häuser illusorisch gemacht wird. So wird also die höchste gesetzgebende Gewalt auf dreierlei Weise ausgeübt. Auch die höchste administrative Gewalt ist theils dem Präsidenten allein, theils diesem und dem Senate übertragen. Die Absicht bei all' diesen Bestimmungen war die möglichste Verhütung einer absoluten Gewalt, zu diesem Zwecke stellte man neben jede wichtige Befugniss der Regierung die Controlle einer anderen Behörde. Da man aber hiebei zu wenig die Einheit der Staatsgewalt im Auge behielt, wurde die höchste Gewalt nicht getheilt, sondern zersplittert.

b) Die Einrichtungen der Schweiz.

In der Schweiz ist die vollziehende Gewalt einem Collegium übertragen, es ist dies der Bundesrath mit 7 Mitgliedern, welcher die oberste vollziehende und leitende Behörde der Eidgenossenschaft ist (Art. 83, 84). Die Geschäfte sind nach Departements unter die einzelnen Mitglieder vertheilt, den Vorsitz führt der Bundespräsident, welcher, wie auch der Vicepräsident, auf die Dauer eines Jahres gewählt wird (Art. 86, 91). Es bedarf keiner weiteren Begründung, dass diese Einrichtung weit unvollkommener, als die amerikanische ist. Eine einheitliche, energische, planmässig durchdachte Regierung lässt sich bei einem Collegium gar nicht herstellen. Die Mitglieder des Bundesraths werden auf eine Amtsdauer von drei Jahren gewählt, in der Regel aber nach Ablauf derselben wiedergewählt. Die Wahl erfolgt durch die Bundesversammlung. Mit dieser indirekten Wahlart ist man allgemein zufrieden.

Der Bundesrath ist der Bundesversammlung untergeordnet und verantwortlich, überhaupt kennt die schweizerische Verfassung nicht jene ängstlich durchgeführte Trennung der Gewalten, wie die Vereinigten Staaten. Für amtliche Handlungen können die Mitglieder des Bundesraths, wie alle Beamten überhaupt, nur vor Gericht gestellt werden, wenn die Oberbehörde oder der Bundesrath seine Zustimmung ertheilt, ausserdem kann die Klage wie in monarchischen Staaten nur gegen den Fiscus gehen. So sehen wir auf den ersten Blick, dass die Centralgewalt sehr unvollkommen organisirt ist. Während ein weitverzweigtes Netz von Unionsbeamten sich über die Vereinigten Staaten verbreitet und überall die Rechte der Union wirksam zu vertreten im Stande ist, fehlt es hieran fast gänzlich in der Schweiz. Hier sind die Bundesbeamten fast ausschliesslich auf die bereitwillige Beihilfe der Kantonalbeamten angewiesen, welche, da sie jenen nicht untergeordnet sind, nicht erzwungen werden kann.

Die Kompetenz des Bundesraths ist ziemlich genau umschrieben (Art. 90), es genügt, auf Einzelnes aufmerksam zu machen. Das Begnadigungsrecht steht ihm nicht zu, dasselbe kann nur von der Bundesversammlung geübt werden. Ebensowenig besitzt er ein Recht des Veto, die Regierung hat die giltig zu Stande gekommenen Gesetze einfach zu vollziehen, ein Recht der Kritik steht ihr nicht zu, sie ist der Gesetzgebung untergeordnet.

Dem Bundesrathe liegt die Vertretung der eidgenössischen Interessen gegen Aussen und die Wahrung der völkerrechtlichen Beziehungen ob. Die Bundesversammlung dagegen schliesst Staatsverträge ab, erkennt auswärtige Regierungen an, erklärt Krieg und schliesst Frieden (Art. 74 Z. 4 und 5). Diese ernennt auch den Bundesfeldherrn. Es sind überhaupt die Befugnisse der Bundesversammlung bezüglich der Regierung sehr weitgehende, sie kreuzen sich fortwährend mit denen des Bundesraths. Bei Ausscheidung dieser Kompetenz waren lediglich Rücksichten der Zweckmässigkeit massgebend.

c) Die Bundesregierung im Norddeutschen Bunde.

Die Organisation der Bundesregierung im norddeutschen Bunde beruht auf ganz anderen Grundsätzen. Diese Verschiedenheit war einestheils bedingt durch die monarchische Saatsform der Einzelstaaten, anderntheils und zwar hauptsächlich durch die

Stellung, welche innerhalb des Bundes der grösste Staat desselben einnimmt. In der Union ist die Regierung mit aller nur wünschbaren Gewalt ausgerüstet und dadurch in die Lage versetzt, ebenso einheitlich, energisch und umsichtig zu regieren, als in einer Monarchie, daneben ist die Freiheit der Einzelnen, wie der Staaten, mit ängstlicher Sorgfalt bewahrt. Anders im norddeutschen Bunde. Schon die grosse Verschiedenheit der Machtverhältnisse der Einzelstaaten musste ein bedeutendes Uebergewicht zu Gunsten Preussens in die Wagschale legen, ferner waren es die Rücksichten auf die politische Lage, welche vor Allem die Schöpfung einer kräftigen Vertretung gegen Aussen, verbunden mit einer ansehnlichen Kriegsmacht, zum unabweisbaren Bedürfniss machten. So kam es, dass das staatsrechtliche Gleichgewicht des Bundesstaats hier in vielen Beziehungen verrückt ist.

Bei der Bundesregierung kommen drei Organe zur Beachtung: der Bundesrath, das Bundespräsidium und der Bundesfeldherr. An der Exekution oder der Regierungsgewalt des Bundes nimmt der Reichstag in keiner Weise Theil.

Der Bundesrath enthält 43 Stimmen, von welchen 17 Preussen zustehen. Es sind darin sämmtliche Mitglieder des Bundes vetrtreten und zwar mit soviel Stimmen, als dieselben im Plenum des ehemaligen deutschen Bundes zu führen hatten. Jedes Bundesglied kann so viele Vertreter in den Bundesrath schicken, als ihm Stimmen zukommen, doch kann die Stimme selbst nur einheitlich abgegeben werden (Art. 6, 7). Die Beschlussfassung erfolgt durch einfache Majorität, bei Stimmengleichheit gibt das Präsidium den Ausschlag. Der Bundesrath bildet aus seiner Mitte für die verschiedenen Geschäfte sieben dauernde Ausschüsse, welche jedes Jahr erneuert werden und in deren jedem mindestens zwei Bundesstaaten vertreten sein müssen (Art. 8). Diese Ausschüsse sind nur Organe für die Geschäftsvorbereitung, nur der für Rechnungswesen, sowie der für Handel und Verkehr hat einige selbständige Funktionen.

Während die Mitglieder der übrigen Ausschüsse vom Bundesrathe gewählt werden, ernennt der Bundesfeldherr die des Militär- und Marine-Ausschusses. Die Mitglieder des Bundesraths sind diplomatische Personen ohne besonderen Rang (Art. 10). Jedes Mitglied kann jederzeit im Reichstage erscheinen und muss stets gehört werden auch dann, wenn die Ansichten seiner Regierung von der durch den Bundesrath adoptirten abweichen (Art. 9).

Die Befugnisse des Bundesraths sind sohin theils die eines Oberhauses, theils die eines Staatsraths, theils die eines Bundesministeriums. Im ganzen Gebiete der Bundesgesetzgebung übt er die Funktion eines Oberhauses, da seine Zustimmung ebenso wie die des Reichstages zum Zustandekommen eines Gesetzes erforderlich ist. Da aber die Gesetzesvorlagen in ihm vorbereitet und jeder Zeit zuerst vorgelegt werden, so erinnert er an die Einrichtung des Staatsraths. Im Zoll- und Handelswesen beschliesst der Bundesrath über alle in dieser Beziehung dem Reichstage vorzulegenden gesetzlichen Anordnungen, Handels- und Schifffahrts-Verträge, ferner aber auch über die zur Ausführung der Gesetzgebung dienenden Verwaltungs-Vorschriften und Einrichtungen und über die schliessliche Feststellung der Rechnung der in die Bundeskasse fliessenden Abgaben (Art. 37). So übt er in dieser Richtung die vollziehende Gewalt nach Art eines Bundesministeriums aus, ebenso wenn freie Mitglieder im Reichstage die Vorlagen des Bundes vertreten (Art. 16). Auf die Anstellung und Ernennung der Bundesbeamten jeder Art übt er keinen Einfluss, überhaupt ist ihm ein direktes und spontanes Eingreifen in die Bundesregierung nicht gestattet. Noch ist seine Kompetenz sehr mangelhaft, die Praxis muss erst das gegenseitige Verhältniss klären und abgrenzen. Das Präsidium ist nicht gehalten, in wichtigen Angelegenheiten seinen Rath zu hören.

In der Natur der Sache liegt, dass ihm niemals die Befugnisse des nordamerikanischen Senats zukommen können, eine solche Einrichtung ist nur möglich, wenn die Mitglieder aus gleichberechtigten Staaten gewählt werden wie dort, nicht aber hier, wo die Mitglieder an Macht so verschiedene Staaten zu vertreten haben.

Der Bundesrath kann ohne den Reichstag berufen werden und es findet dies regelmässig zur Vorbereitung der Vorlagen statt. Die Berufung muss jährlich mindestens einmal stattfinden, ohne ihn kann der Reichstag nicht berufen werden. Die Berufung muss erfolgen, wenn ein Drittheil der Stimmenzahl sie verlangt (Art. 13, 14).

Das Bundespräsidium steht der Krone Preussen zu, dasselbe ist mit so wichtigen Machtbefugnissen ausgestattet, dass man Preussen ebenso gut das Oberhaupt des Bundes nennen kann. Vor Allem steht ihm die völkerrechtliche Vertretung des Bundes und seiner Angehörigen zu. Ist auch den einzelnen Mitgliedern des Bundes das Gesandschaftsrecht nicht ausdrücklich entzogen, so versteht sich doch von selbst, dass ein solches neben jenem völlig werthlos ist. Selbst da, wo dasselbe zur Zeit noch besteht, werden die Regierungen bald kein Verlangen mehr tragen, diese kostspielige Institution zu erhalten. Dem Präsidium ferner steht die Berufung, Eröffnung und Schliessung des Reichstags zu, nur in einer Beziehung wirkt der Bundesrath mit, indem die Berufung erfolgen muss, wenn ein Drittheil der Stimmen sie verlangt (Art. 12—15) und insoferne die Auflösung nur mit seiner Zustimmung stattfinden darf. Dem Präsidium allein gehört das Recht, Krieg zu erklären, Frieden zu schliessen, Bündnisse und Verträge mit fremden Staaten einzugehen (Art. 11). Nur wenn Staatsverträge sich auf die der Beaufsichtigung und Gesetzgebung des Bundes unterstellten Angelegenheiten beziehen, ist zu ihrem Abschlusse die Zustimmung des Bundesraths und zu ihrer Giltigkeit die des

Reichstages erforderlich. Dadurch ist allerdings das Gesetzgebungsrecht der Volksvertretung gewahrt, aber es bedarf keiner weiteren
Begründung, dass dieses mehr theoretischer Natur ist; denn in
den meisten Fällen wird der Reichstag einem abgeschlossenen
Vertrage seine Zustimmung nicht versagen können, da jedenfalls
die Regierungen an seine Haltung gebunden sind.

Dem Bundespräsidium steht kein verantwortliches Ministerium
zur Seite. Man hat sich gewöhnt, in der Verantwortlichkeit der
Minister nicht nur ein Palladium der Freiheit, sondern auch theoretisch eine absolut nothwendige Institution des Rechtsstaats zu
erblicken. Daher verlangte die national-liberale Partei mit aller
Entschiedenheit, dass die der Präsidialgewalt eingeräumte Macht
durch verantwortliche Minister ausgeübt werde. Mit der Idee des
Bundesstaats verträgt sich die Verantwortlichkeit der Minister sehr
gut, obwohl dieselbe weder in Amerika noch in der Schweiz besteht. Im Reichstage wurden jedoch alle darauf bezüglichen An-
träge abgelehnt, nur der eine gelangte zur Annahme als zweiter
Theil des Art. 17: die Anordnungen und Verfügungen des Bundespräsidiums werden im Namen des Bundes erlassen und bedürfen zu ihrer Gültigkeit der Gegenzeichnung des Bundeskanzlers,
welcher dadurch die Verantwortlichkeit übernimmt. Damit ist
lediglich eine so genannte juristische Verantwortlichkeit anerkannt,
welche keine recht praktischen Folgen äussern kann. Da auch
das Gesetz über das Bundesschuldenwesen, wie es aus dem Reichstage hervorgegangen, bis jetzt nicht sanktionirt ist, so fehlt es in
der That an einer der wichtigsten Garantien gegen Verfassungs-
verletzungen, denn in jenem Gesetze war wenigstens die Verantwortlichkeit innerhalb des Schuldenwesens anerkannt.

Bundesfeldherr ist der König von Preussen. Ihm steht der
Befehl über die gesammte Landmacht des Bundes und über die
Flotte zu (Art. 53, 63). Er hat für die einheitliche Organisation
des ganzen Heerwesens zu sorgen und ist zu diesem Zwecke mit

umfassenden Befugnissen ausgerüstet (Art. 63—65). Er kann, wenn die öffentliche Sicherheit im Bundesgebiete bedroht ist, einen jeden Theil desselben in Kriegszustand erklären (Art. 68).

6. Verfassungsmässige Institutionen.

Die Konstitution der Union enthält nur sehr wenige hieher bezügliche Bestimmungen. Es lag damals Alles daran, das grosse Ganze der Gesetzgebung fertig zu machen, den Ausbau im Detail glaubte man mit Recht auf gelegenere Zeit verschieben zu können. Es war hauptsächlich die Ausscheidung der Competenz zwischen Regierung, Volksvertretung und Gerichten und die möglichste Verhinderung von monarchischen Institutionen, worauf man das Hauptaugenmerk richtete, im Uebrigen begnügte man sich, die allgemeinen Umrisse anzugeben. So enthält die Konstitution über das ganze Steuer- und Zollwesen nur den einen Satz (Art. I. Sekt. 8. §. 1): Alle Auflagen, Zölle und Waarensteuern sollen durch die ganze Union gleichförmig sein; und Sekt. 9. §. 4, 5 bestimmt als Ausführung dieses Satzes: Es soll keine direkte Steuer auferlegt werden, die nicht nach der Volkszahl auf die Staaten vertheilt wird. Ferner darf in keiner Weise dem Handel des einen Staates vor dem eines andern irgend ein Vorrecht eingeräumt oder einem Schiffe eine lästigere Bedingung als den eigenen Schiffen auferlegt werden. Auch bezüglich des Postwesens finden wir nur die allgemeine Bemerkung (I. S. 8. §. 7), dass der Kongress das Recht habe, Postämter und Poststrassen zu errichten. Es ist keine Erwähnung davon gethan, ob das ganze Postwesen Unions-Angelegenheit sei oder nur fakultativ als solche behandelt werden könne. — Ein ständiges Heer ist nicht geboten, kann jedoch gehalten werden, nur darf kein Geld hiezu für einen längeren Zeitraum als zwei Jahre verwilligt werden. Eine Seemacht soll ausgerüstet und in gutem Stande erhalten werden (§. 11, 12). In Art. III. Sekt. 1 ist ferner ein oberster Gerichtshof für das ganze

Unionsgebiet bestimmt, als letzte Instanz in Civilfällen, als Staatsgerichtshof in Streitigkeiten des öffentlichen Rechts.

Auch in der Schweizer Bundesverfassung finden sich nur wenige Bestimmungen, welche Bundes-Institutionen betreffen. Dem
Bunde ist es untersagt, stehende Truppen zu halten (Art. 13).
Das dortige Milizsystem ist bekannt, dasselbe ist berufen, in nicht
ferner Zeit das Muster für die übrigen Staaten Europas zu bilden. — Die Errichtung einer Universität und einer polytechnischen
Schule wird in Art. 22 als Bundessache erklärt. In der Konstitution der Union vermisst man jede hierauf bezügliche Andeutung,
das ganze Unterrichts- und Kultuswesen ist dort Sache der Com-
munen und Genossenschaften. — Das ganze Zollwesen ist Sache
des Bundes (Art. 23 und ff). Das leitende Prinzip des Zollwesens
ist nach Art. 25 ein gemässigtes Schutzzoll- verbunden mit dem
Finanzzoll-System. Ebenso ist das Postwesen Bundesangelegenheit
(Art. 33), dem Bunde steht die Oberaufsicht über Strassen und
Brücken, an deren Erhaltung er ein Interesse hat, zu, er allein
übt das Münzregal aus (Art. 35, 36). — Zur Ausübung der Rechtspflege, soweit dieselbe in das Bereich des Bundes fällt, besteht
ein Bundesgericht (Art. 94), dessen Competenz genau bestimmt
ist (Art. 101, 103, 105).

Ein nicht zu unterschätzender Vorzug der Verfassung des
norddeutschen Bundes ist, dass die mit grosser Umsicht und Sach-
kunde ausgearbeiteten Theile über die organischen Einrichtungen
des Bundes diesem selbst die ausschliessliche Kompetenz sichern
und dadurch eine Grundlage für die Machtentfaltung gegen Aussen
und eine geordnete Regierung gegen Innen bieten. Eine heilsame
Fortbildung hat insbsondere der Zollverein erfahren. Während er
früher eine auf kündbaren Verträgen beruhende internationale
Vereinigung war, deren Bestand alle 12 Jahre in Frage gestellt
war, ist er jetzt zu einer verfassungsmässigen Institution des Bun-

des geworden. Dem Zollvereine mit Zollbundesrath und Zollparlament steht die ausschliessliche Gesetzgebung auf dem Gebiete des Zollwesens und der indirekten Steuern zu, die Einnahmen hieraus fliessen in die Bundeskasse. Nur gegenüber den süddeutschen Staaten behält der Zollverein seine internationale Eigenschaft. In der Beseitigung des absoluten Veto hat er eine wesentliche Verbesserung erfahren. Mit dem neuen Zollverein ist eine Institution, die 30 Jahre lang fester als der Bundestag ganz Deutschland zusammenhielt, eine Institution, die nur Segenvolles gewirkt, in neuer, verbesserter Form wieder in's Leben getreten. Zwar bildet er noch das einzige Band, das den Süden mit dem Norden Deutschlands verbindet, aber es sind dadurch so viele Interessen gemeinsam geworden, dass mit Sicherheit die Erweiterung der gegenseitigen Berührungsflächen zu erwarten steht. Durch den Zollverein ist für alle Zukunft für den Norden so gut, wie für den Süden die Freiheit des Verkehres im Innern gesichert, ebenso eine stetige Fortschreitung zum Freihandelssystem, endlich eine einheitliche, stets zielbewusste Entwicklung der Industrie und des Handels. Doch erheben sich auch Bedenken. Während jedes norddeutsche Zollparlaments-Mitglied als Vertreter von 30 Millionen sich fühlt und alle Tarif- und Zollfragen als Bundesfinanzfragen betrachtet, vertritt der Abgeordnete eines süddeutschen Staates nur diesen und hat bei jenen Fragen nur die im Einzelnen wie im Ganzen sehr divergirenden Interessen je seines Staats im Auge. Während die Beschlüsse dort Bundesgesetze sind, behalten sie hier die Natur von Beschlüssen, die nicht ohne Weiteres Gesetzeskraft erlangen. Kann dagegen von den einzelnen Regierungen auch kein Veto geübt werden, so liegt doch auf der Hand, dass durch jenes faktische Verhältniss eine Reihe von Verschleppungen und Missständen vorkommen können. Betrachtet man dazu die vielfachen, mächtigen Elemente, welche Alles aufbieten werden, jene Schwierigkeiten zu vermehren, dann lässt sich nicht absehen, wie Conflikte vermieden werden sollen. Auf die Dauer aber scheint ein solches Verhältniss unhaltbar.

Das Eisenbahnwesen ist nicht centralisirt, doch enthalten Art. 41—47 Bestimmungen, deren wichtigste die ist, dass Eisenbahnen im Interesse der Bundesvertheidigung oder des gemeinsamen Verkehrs kraft eines Bundesgesetzes auch gegen den Widerspruch der Bundesglieder, deren Gebiet sie durchschneiden, zur Ausführung concessionirt werden können. Dagegen ist Post- und Telegraphenwesen im ganzen Bundesgebiete centralisirt, die Gesetzgebung hierüber ist Bundessache, die obere Leitung steht der Krone Preussen zu. Die Einnahmen hieraus fliessen in die Bundeskasse (Art. 48—52).

Es ist ferner die Bundeskriegsmarine eine einheitliche, unter preussischem Oberbefehle. Organisation und Zusammensetzung hat allein Preussen zu bestimmen, der Aufwand wird aus der Bundeskasse bestritten. Die gesammte seemännische Bevölkerung des Bundes ist zum Dienste in der Marine verpflichtet. Es bestehen Bundeshäfen und gemeinsame Flagge. Ebenso bilden die Kauffarteischiffe aller Bundesstaaten eine einheitliche Handelsmarine, welche unter den gleichen Gesetzen des Bundes steht und in allen Bundesstaaten gleichmässig behandelt wird (Art. 53—55). Durch die Bundesgesetze über die Flagge und die Nationalität der Kauffarteischiffe haben jene Bestimmungen in vortrefflicher Weise ihren Ausbau gefunden. Das gleiche gilt von dem Gesetze über das Bundes-Consulatswesen. Schon jetzt sind an verschiedenen Orten Bundes-Consuln thätig. Damit sind Institutionen geschaffen, auf die ein Bundesstaat mit Recht stolz sein kann.

Das Bundeskriegswesen sollte ursprünglich der verfassungsmässigen Regelung des Reichstages ganz entzogen werden. Der ganze Militäretat sollte zu einem Pauschquantum von 225 Thaler pro Kopf der Friedenspräsenzstärke für alle Zeiten fixirt bleiben. Eine solche Bestimmung wäre mit den einfachsten Grundsätzen des Konstitutionalismus in grellem Widerspruch gewesen. Vorläufig jedoch wurde dasselbe bis zum 31. Dezember 1871 gewährt, von da an muss vor Beginn jedes Etat-Jahres der Bedarf für das Bundesheer durch ein Gesetz festgestellt werden, bis zu jenem Zeitpunkte ist die Ausgabe für das Bundesheer nur zur Kenntnissnahme und Erinnerung vorzulegen. Dieser Satz gewährt freilich dem Volke allzuwenig Einfluss auf dieses wichtigste Gebiet der Staatsverwaltung und man kann diesen Umstand ernstlich beklagen, bildet er doch eine fast unerschwingliche Last für die kleineren Bundesstaaten, aber seine Rechtfertigung findet er in den ausserordentlichen Zeitverhältnissen, in denen die Verfassung des Bundes zu Stande kam. Wer konnte sich überhaupt damals der Eindrücke des Jahres 1866 erwehren, oder wer mochte gerade damals, als politische Verwicklungen einen schweren Krieg in unmittelbarste Aussicht stellten, die Verantwortung auf sich nehmen, dem Präsidium die Mittel zu verweigern, um auch für die Zukunft den Bestand des Bundes sichern zu können! Die Friedenspräsenzstärke ist bis zu jenem Zeitpunkte ein für allemal auf 1% der Bevölkerung von 1867 festgesetzt.

Die Gegner des norddeutschen Bundes haben stets diesen Abschnitt der Verfassung hervorgehoben als einen, der den nackten Absolutismus enthalte, und in der That, der moderne Liberalismus, welcher ein bis zur Möglichkeit der Steuerverweigerung ausgebildetes Ausgabenbewilligungsrecht der Volksvertretung fordert, wird sich niemals mit jenen Bestimmungen befreunden, aber ein solches Recht, das dem Staate selbst die Möglichkeit der Existenz abschneiden kann, gibt es theoretisch nicht, und gerade in dem constitutionellsten Lande, in England, hat ein solches nie existirt.

7. Volksvertretung.

In den drei Staaten, deren Verfassungen hier zu Grunde gelegt sind, gilt das Zweikammersystem, die Ausführung desselben

.ist nur wenig verschieden. Es war vor Allem die Absicht, die grösstmögliche Sorgfalt bei den Berathungen zu sichern, welche es die Vereinigten Staaten einführen liess. In der Schweiz war es vor 1848 nicht heimisch und hier wurde es nur durch Comprommiss der grossen und kleinen Staaten eingeführt, denn nur so war das Reformwerk gesichert.

Im amerikanischen Repräsentantenhause ist das amerikanische Volk vertreten, doch geschieht die Wahl nach den Staaten so, dass kein Wahlkreis die Grenze eines Staates überschreiten darf. Das Verhältniss gibt nicht die Zahl der Bürger, sondern der Einwohner an, welche alle 10 Jahre neu festgestellt wird. Die Zahl der Einwohner, auf welche ein Vertreter kommt, ist im Laufe der Zeit verschieden bestimmt worden, insbesondere um eine allzu grosse Vermehrung der Vertreter zu verhindern. Gegenwärtig besteht das Repräsentantenhaus aus 241 Mitgliedern, indem auf je 124,183 Einwohner ein Mitglied kommt (Rüttimann S. 121). Die Wahl ist die direkte. Die nähere Einrichtung derselben überlässt Art. I. Sekt. 4. §. 31 der Gesetzgebung der Staaten, und diese haben auch von dieser Befugniss mannichfachen Gebrauch gemacht: hier gilt offene, dort geheime Abstimmung, hier wird absolute, dort und in den meisten Staaten relative Mehrheit verlangt. Die Wählbarkeits-Requisite sind nach Art. I. S. 2. §. 2: Antritt des 25. Lebensjahres, siebenjähriger Besitz des Unionsbürgerrechts und Domizil in dem Staate, in welchem die Wahl stattfindet. Ausgeschlossen sind alle Bundesbeamte (Art. I. S. 6. §. 2), kein Repräsentant kann während der Wahlperiode zu einem Bundesamte befördert werden, dagegen sind Geistliche nicht ausgeschlossen. Die Amtsdauer des Hauses beträgt zwei Jahre, eine viel zu kurze Zeit, denn die gar zu schnelle Wiederholung der Wahlen lässt diese selbst als etwas Alltägliches erscheinen. Am ersten Montag im Dezember soll das neu gewählte Haus zusammentreten, welches sofort durch absolute Stimmenmehrheit die

Wahl des Sprechers vornimmt. Durch diesen findet die Beeidigung des Hauses statt und damit ist das Haus selbst constituirt.

Der Senat besteht je aus zwei Senatoren aus jedem Staate mit einer sechsjährigen Amtsdauer, indem alle zwei Jahre der dritte Theil des Senats ausscheidet und durch Neugewählte ersetzt wird (Art. III. S. 3. §. 2. Die Wählbarkeits-Requisite sind höher als die der Repräsentanten. Es ist das 30. Lebensjahr und neunjähriger Besitz des Bürgerrechtes mit Domizil in .dem wählenden Staate verlangt, die Wahl ist die indirekte. Hiedurch ist dem Senat eine ruhigere conservativere Physionomie gesichert. Der Vicepräsident der Union ist Präsident des Senats. Ist auch der Senat beschlussfähig, so wird durch eine Deputation dem Präsidenten die Konstituirung des Kongresses angezeigt und es beginnen die Vorlagen und regelmässigen Verhandlungen. Es versteht sich von selbst, dass vollkommene Redefreiheit gilt: Die Bestimmungen Art. I. S. 6. §. 1 sind sämmtlich der berühmten englischen bill of rights entnommen. — Die Entschädigung der Kongressmitglieder ist eine sehr hohe, die Taggelder sind auf 5000 Dollars ausschliesslich der Reiseentschädigung von 4 Dollar auf je 20 Meilen Entfernung festgesetzt. Eine enorme Summe. Der Kongress kostet jährlich allein an Diäten und Reisegeldern $1\frac{1}{2}$ Mill. Dollars, die Regiekosten ungerechnet.

Der Geschäftskreis des Kongresses ist nach Art. I. S. 8. §. 18: „alle Gesetze zu erlassen, welche nothwendig und geeignet sind, die hievor (ebenda §. 1—17) bezeichneten Vollmachten und alle andern Vollmachten, welche durch diese Verfassung der Regierung der Vereinigten Staaten oder irgend einem Zweige oder Beamten derselben eingeräumt sind, in Ausführung zu bringen." Damit ist ihm das Gesetzgebungsrecht zugewiesen, aber über die so wichtige Unterscheidung zwischen Gesetz und Verordnung, enthält die Konstitution keine Bestimmung. Daher kann sowohl er, als die Regierung Verordnungen erlassen. Verfassungsgesetze jedoch, welche Bestimmungen der Konstitution ändern, kann der Kongress nicht erlassen. Jede Aenderung der Constitution muss von den Gesetzgebungen der Einzelstaaten angenommen werden. Dies ist ein grosser Uebelstand, denn um diesen höchst complicirten Organismus nicht in Bewegung zu setzen, unterbleiben kleinere, aber nothwendige Aenderungen und in Zeiten der Noth kann selbst den offenbarsten Uebeln nicht schnell abgeholfen werden. Dies zeigte sich sofort nach Unterwerfung des Südens. Interpellationen an die Regierung kann der Kongress nicht richten, es würde dies gegen die Theorie von der Trennung der Gewalten streiten. Mindestens einmal im Jahre muss der Kongress zusammentreten, ausserdem kann ihn der Präsident berufen. Die Sitzung zu vertagen oder den Kongress aufzulösen, steht nicht der Regierung zu, die Vertagung kann nur durch das Haus selbst erfolgen.

Aehnlich sind die Institutionen der Schweiz. In dem Nationalrathe ist das Volk vertreten. Nach der alle 10 Jahre stattfindenden Volkszählung (Mannschaftsskala) wird auf 20,000 Seelen ein Mitglied gewählt. Die Wahlart ist in den Kantonen verschieden. Die Requisiten sind: das zurückgelegte 20. Lebensjahr und Besitz des schweizerischen Bürgerrechts seit fünf Jahren. Alle drei Jahre wird neu gewählt. — Der Ständerath besteht aus zwei Abgeordneten jeden Kantons, die Wahl ist fast überall indirekt. Die Amtsdauer ist in den verschiedenen Kantonen verschieden und kann beliebig geändert werden. — Ständerath und Nationalrath wählen jeder seinen Präsidenten und Vicepräsidenten. — Die Entschädigung der Mitglieder des Ständeraths ist Sache der Kantone, die des Nationalraths Sache des Bundes, für beide ist sie mässig. Nach Art. 79 ist es den Mitgliedern verboten, nach Instruktionen ihrer Wähler zu stimmen, die Kantone und Wähler können jedoch ihre Wünsche durch Eingaben dem Nationalrath kund thun, der dann darüber beschliessen muss (Art. 81). — Was den Geschäftskreis betrifft, so steht so viel fest, dass der Bundesversammlung allein das Recht zusteht, Gesetze zu erlassen, aber auch Verordnungen zu geben liegt nicht ausser ihrer Befugniss. Ein Unterschied zwischen Gesetz und Verordnung ist auch hier nicht präcisirt. Durch die ihr zustehende Wahl der Mitglieder des Bundesraths kann sie in wirksamster Weise auf die Regierung einwirken, zudem steht ihr die Oberaufsicht über die eidgenössische Verwaltung und Rechtspflege zu (Art. 74). Alljährlich muss eine Versammlung stattfinden und ausserdem eine ausserordentliche, wenn ¼ der Mitglieder des Nationalraths es verlangt. Das Recht der Vertagung oder Schliessung steht nur der gesetzgebenden Behörde selbst zu. Die Initiative zur Gesetzgebung wird nur von der Regierung geübt, doch kann auch die gesetzgebende Behörde gleich einen ausgearbeiteten Entwurf einbringen, der selbstverständlich nicht vor der Annahme durch die Regierung zum Gesetze erhoben werden kann.

Nur wenige Bemerkungen über den Reichstag des norddeutschen Bundes. Hier gilt das Einkammersystem, denn den Bundesrath kann man nicht als erste Kammer betrachten, obwohl ein Theil seines Geschäftskreises zur Competenz einer ersten Kammer gehört. Bis zum Zustandekommen eines definitiven Wahlgesetzes ist das Reichswahlgesetz von 1849 als Norm angenommen worden, welches allgemeines direktes und geheimes Wahlrecht vorschreibt. Die Wählbarkeits-Requisiten sind nicht hoch gegriffen, die beabsichtigte Ausschliessung aller Beamten wurde durch Amendement beseitigt. Als Fundamentalsatz muss die Versagung der Diäten für die Abgeordneten bezeichnet werden (Art. 20, 32).

Durch diesen Satz ist auf der einen Seite dem allgemeinen Wahlrechte die Spitze abgebrochen, weil damit indirekt ein Census eingeführt ist, auf der andern Seite wurde dadurch ein bedeutender Einfluss auf die Berathung ausgeübt, da jetzt, wie der Erfolg gezeigt hat, möglichst kurze Berathungen in langen ermüdenden Sitzungen stattfinden, eine namentlich für die Opposition sehr verhängnisvolle Prozedur. Die Absicht war, den Reichstag vorwiegend aus der besitzenden, d. h. conservativen Klasse hervorgehen zu lassen, wohl mochte auch das Beispiel Englands, wo sich jenes Prinzip trefflich bewährt hat, seine Annahme empfohlen haben. Beamte sind wählbar und bedürfen keines Urlaubs (Art. 21). Wegen in Ausübung des Berufs gethaner Aeusserungen kann kein Mitglied zur Verantwortung gezogen werden (Art. 30). Eine Auflösung kann nur durch Bundesrathsbeschluss stattfinden. — Nach Art. 28 sind die Mitglieder des Reichstags Vertreter des gesammten Volkes und daher an Aufträge und Instruktionen nicht gebunden. — Die Einleitung einer Untersuchung oder die Verhaftung aus irgend einer Ursache ist während der Sitzungsperiode nur mit Genehmigung des Reichstags zulässig, in Amerika dagegen findet die Verhaftung wegen jeden Delikts, allein die Schuldhaft ausgenommen, ohne Genehmigung statt. Dieses scheinbar absolutistische Recht findet sein Correktiv in der vollkommenen Exemtion Washingtons von allen Bundesbehörden. (Rüttimann S. 407).

8. Schlichtung von Streitigkeiten und Exekution.

Eine Behörde zur Schlichtung von Verfassungsstreitigkeiten oder einen Staatsgerichtshof gibt es in Amerika nicht. Ueber alle gegen Beamte erhobenen Anklagen sitzt der Senat zu Gericht (Art. I. S. 3. §. 6). Die Schlichtung von Wahlstreitigkeiten steht jedem Hause zu. Es sind vielmehr alle Streitigkeiten, welche Staatsrechts-Angelegenheiten betreffen, nicht von der Richtergewalt ausgenommen. So bestimmt Art. III. S. 2. §. 1: „Die richterliche Gewalt soll sich ausdehnen über alle Fälle von Gesetz und Billigkeit, die unter dieser Konstitution, unter den Gesetzen der Vereinigten Staaten und den unter der Autorität derselben gemachten oder noch zu machenden Verträgen sich ereignen u. s. w." In einzelnen Sachen hat der oberste Gerichtshof in erster und letzter Instanz zu sprechen (§. 2. eod.) Als Ergänzung zu diesen Bestimmungen wurde 1855 ein Gesetz erlassen, durch welches ein aus drei Richtern bestehender Gerichtshof (the court of claires) aufgestellt wurde, um alle Forderungen von Privaten an die Vereinigten Staaten zu entscheiden. (Rüttimann, S. 402).

Nach der Schweizer-Verfassung (Art. 73, Nro. 15—17) steht der Bundesversammlung die Befugniss zu: Beschwerden von Kantonen oder Bürgern über Verfügungen des Bundesraths, sowie Streitigkeiten staatsrechtlicher Natur unter den Kantonen, ferner Kompetenzkonflikte zwischen Bund und Kantonen, oder auch zwischen Bundesrath und Bundesgericht zu entscheiden. Dem Bundesrathe (Art. 90, Nro. 5) steht der Vollzug der Urtheile des Bundesgerichts, der Vergleiche oder Schiedssprüche in Streitigkeiten zwischen Kantonen zu. Die Kompetenz des Bundesgerichts bestimmt Art. 101, 102 und 105.

Die norddeutsche Bundesverfassung kennt kein Bundesgericht, keinen Gerichtshof für öffentliches Recht. Dies ist ein Mangel. Man ging von der Ansicht aus, dass die Staatszustände des norddeutschen Bundes noch allzu unfertig, provisorisch seien, um schon jetzt das Bundesgericht als den Schlussstein der Verfassung ertragen zu können. Muss man auch zugeben, dass sich erst im Laufe der Zeit die Ausdehnung des Bedürfnisses und der Umfang der Rechte bemessen lässt, welche durch ein Bundesgericht zu schützen sind, so ist doch der Mangel eines Bundesgerichtshofes schwer zu beklagen. — Auf diese Weise enthält der XIII. Abschnitt vorwiegend Strafbestimmungen. Delikte gegen den norddeutschen Bund werden von dem Oberapellgerichte Lübeck in erster und letzter Instanz entschieden (Art. 74, 75). Streitigkeiten zwischen Bundesgliedern, soferne dieselben nicht civilrechtlicher Natur sind, werden von dem Bundesrathe entschieden, dasselbe gilt von Verfassungsstreitigkeiten in den einzelnen Bundesstaaten (Art. 76). — Erfüllt ein Bundesglied seine verfassungsmässigen Bundespflichten nicht, so kann die Exekution verhängt werden (Art. 19). Bei militärischen Leistungen wird sie vom Bundesfeldherr angeordnet und vollzogen, in allen andern Fällen ist vorgängiger Beschluss des Bundesraths erforderlich. Die Exekution kann bis zur Sequestration des betreffenden Landes und seiner Regierung ausgedehnt werden.

Die amerikanische Konstitution enthält keine derartige Bestimmung. Die Exekution gegen einen Staat wird im einzelnen Falle beschlossen und ausgeführt. Richtet sich dieselbe gegen mehrere mächtige Staaten, so kann überhaupt nie die einfache Exekution ohne vorhergehenden Krieg zur Ausführung kommen.

9. Garantie der Verfassung.

Wie es sich von einem Volke, das stolz und eifersüchtig auf seine Freiheit und seine Verfassung ist, erwarten lässt, sind die Garantien der Verfassung in Nord-Amerika fein ausgebildet. Der Präsident hat vor dem Amtsantritte den Amtseid zu leisten, welcher lautet: „Ich schwöre feierlich, dass ich das Amt eines Präsidenten der Vereinigten Staaten getreu verwalten und die Verfassung der Vereinigten Staaten nach besten Kräften erhalten, beschützen und vertheidigen will." Der Sitte gemäss wird er öffentlich auf dem Kapitol von dem Präsidenten des obersten Gerichtshofes abgenommen, doch kann er auch vor jedem Richter geleistet werden.

Die Verantwortlichkeit des Präsidenten ist eine weitgehende. Zwar ist er den Gerichten nicht verantwortlich, und steht diesen keinerlei Befugniss zu, Beschwerden über Regierungshandlungen anzunehmen, dagegen können sie sehr wohl innerhalb ihrer Kompetenz in Civil- wie in Strafprocessen über die Zulässigkeit von Regierungshandlungen urtheilen. Dies hat praktisch den Sinn, dass Niemand verbunden ist, verfassungs- oder gesetzwidrigen Anordnungen der Regierung Folge zu leisten, dass ferner die Beamten wegen solcher Verfügungen, civilrechtlich zur Schadloshaltung verbunden sind. Ein solches Klagerecht setzt nicht das vorherige Betreten des Administrativ-Wegs voraus, sondern wegen jeder

Privatrechts-Verletzung steht sofort das Klagerecht offen (Tocqueville I. Cap. VI). Es versteht sich von selbst, dass zunächst nur der Beamte haftet, welcher durch seine pflichtwidrige Handlung den Schaden verursacht hat, wer eine ihm ertheilte Vollmacht überschreitet, haftet persönlich. Dagegen übernimmt jeder höhere Beamte die Verantwortlichkeit für die auf seinen Befehl von Unterbeamten ausgeführten Handlungen. In einem solchen Falle hat der Verletzte die Wahl zwischen der Klage gegen den Vorgesetzten und den Untergebenen, vorausgesetzt, dass letzterer nicht als blosses Werkzeug des ersten in Betracht kommt. Civilklagen wegen Amtshandlungen sind im Ganzen selten schon desshalb, weil sie kostspielig sind, und der Beweis nicht leicht zu erbringen ist: gegenwärtig sind Klagen wegen sehr bedeutender Geldsummen gegen den vormaligen Kriegsminister Stanton anhängig, die aber kaum zu einer Verurtheilung desselben führen werden.

Jener Grundsatz ist so konsequent ausgebildet, dass den Gerichten auch die Befugniss zusteht, materiell verfassungswidrige Gesetze oder Verordnungen als nichtig zu erklären, eine Macht, wie sie keinem Gerichtshofe Europas zusteht. Dass neben der Klage gegen den Beamten nicht noch eine Klage gegen den Fiscus zulässig ist, bedarf keiner weiteren Begründung.

Das in den Augen des modernen Liberalismus unantastbare Dogma der Ministerverantwortlichkeit kennt das nordamerikanische Staatsrecht nicht; die Minister sind nur dem Präsidenten untergeordnet und verantwortlich. Jeder Minister hat einen ziemlich selbständigen Wirkungskreis, innerhalb dessen es wohl zu Konflikten mit dem Präsidenten kommen kann, deren Folge aber nur die Entlassung des ersteren ist. Die Minister sind die Unterbeamten des mit der vollziehenden Gewalt betrauten Präsidenten, nicht seine Werkzeuge, und nicht die Diener des Kongresses. Glaubt sich dieser verletzt, so kann er nur eine Klage wegen Verfassungsverletzung stellen, oder bei dem Präsidenten die Entlassung erwirken. Für obiges liefert der jüngste Conflikt mit dem Kriegminister Stanton ein wichtiges Beispiel.

Die wichtigste Garantie der Verfassung ist das impeachment oder die Beurtheilung der Beamten durch den Senat auf eine von dem Repräsentantenhause erhobene Anklage. Der Begriff des impeachment ist aus dem englischen Staatsrecht herübergenommen, nur bedeutet es dort eine Anklage des Unterhauses beim Oberhause wegen eines ausserordentlichen Verbrechens, während es in Amerika eine Anklage eines Beamten wegen Verletzung seiner Amtspflicht bedeutet. (Art. I. Sekt. II. III. Art. II. S. IV). Das impeachment ist das wirksamste Mittel, das dem Kongresse zu Gebote steht, um auf den Präsidenten und alle Beamten einwirken zu können. Dem impeachment sind alle Unionsbeamten ausgesetzt, von dem Präsidenten und den Ministern bis zu dem niedersten Verwaltungs- oder Richterbeamten. Auch nach Niederlegung eines Amtes kann es noch gegen den Beamten erhoben werden. Ausgenommen sind nur die Offiziere der Armee und der Flotte. Die Anklage kann stattfinden wegen Verrath, Bestechung, oder anderer schwerer Verbrechen oder Vergehen (treason, bribery or other high crimes and misdemeanors). Sind auch die beiden ersten Ausdrücke an sich klar, so sind die beiden folgenden um so unklarer. Es ist selbstverständlich, dass auch gemeine Delikte je nach Umständen Gegenstand der Staatsanklage sein können, in der Regel bilden ihren Gegenstand nur die Amtsdelikte und hier muss die Praxis, welche schon für viele Fälle Präcedenzien aufstellt, verbunden mit der Rücksicht auf die politische Tragweite der fraglichen Handlungsweise entscheiden, ob in einem zweifelhaften Falle Staatsanklage stattfinden soll, z. B. wenn es sich darum handelt, ob ein schimpflicher oder nachtheiliger Vertrag abgeschlossen wurde, ob ein Minister in einer bestimmten Angelegenheit das Wohl des Staats vernachlässigt hat. Die in diesen Tagen erhobene Anklage gegen Präsident Johnson ist ein Beispiel hiefür.

Das Verfahren ist einfach. Es wird im Repräsentantenhaus auf Grund eines motivirten Antrags nach einer gründlichen Vorberathung Beschluss gefasst und zwar durch einfache Mehrheit, dass Anklage stattfinden solle, und zugleich eine Commission zur Ausarbeitung der Anklageakte niedergesetzt. Die Anklageakte wird gleichfalls nach vorgängiger Berathung vom Hause festgestellt und dann an den Senat geschickt. Der Angeklagte verfasst hierauf eine Vertheidigung, worauf das Repräsentantenhaus eine Replik verfassen kann, und jetzt erst kann das öffentliche und mündliche Hauptverfahren stattfinden, wobei sich beide Parteien durch Anwälte vertreten lassen können. Die Mitglieder des Senats werden für jeden Fall besonders als Richter beeidigt. In der Regel leitet der Vicepräsident die Verhandlung, nur wenn die Anklage gegen den Präsidenten selbst geht, so leitet sie der Präsident des obersten Gerichtshofes. Die Strafe kann nur in Amtsentsetzung und dem Ausspruche der Unfähigkeit je wieder ein Amt zu bekleiden bestehen, ist noch eine besondere Strafe auszusprechen, so muss der Verurtheilte an die gewöhnlichen Gerichte verwiesen werden. Zur Verurtheilung ist die Zustimmung von zwei Drittheilen der anwesenden Senatoren nothwendig. Ein Rechtsmittel oder Begnadigung gegen ein Urtheil findet nicht statt. Mag das impeachment auch in Zeiten, wenn die Wogen der politischen Bewegung hoch gehen, eine gefährliche Waffe in den Händen der Opposition sein, so sichert doch die Schwierigkeit, eine Anklage durchzusetzen, vor ihrem Missbrauche.

Die Verfassungs-Garantien in der Schweiz sind einfach. Wie schon erwähnt, hat die gesetzgebende Behörde die Oberaufsicht über die Regierung. Anklagen gegen Mitglieder des National- oder Ständeraths, des Bundesraths oder Bundesgerichts, gehen an die Bundesversammlung. Der Angeklagte kann sich schriftlich

oder mündlich vertheidigen. Es versteht sich von selbst, dass
nach dieser Einrichtung zu einer Verurtheilung der übereinstim-
mende Beschluss beider Kammern erforderlich ist. Die Sache
kann auch zur näheren Untersuchung an eine Specialkommission
verwiesen werden. Zur Verhängung einer Strafe, oder wenn eine
Civilklage erhoben werden soll, muss die Sache an das Bundesgericht verwiesen werden. Dieses Verfahren ist nicht recht ausgebildet und steht weit hinter dem impeachment zurück. Eine
Verantwortlichkeit, wie die der amerikanischen Beamten, gegenüber dem Präsidenten gibt es nicht, die in Art. 110 statuirte
Verantwortlichkeit ist nur eine moralische. Der Hauptsporn zur
höchsten Sorgfalt für sämmtliche Bundesbeamten liegt in der kurzen Amtsdauer, da nach Ablauf von drei Jahren sämmtliche Bundesbeamte einer Neuwahl unterstellt werden. Auf diese Weise
ersetzt die kurze Amtsdauer mit unbeschränkter Wiederwählbarkeit ein complicirtes System der Verantwortung. Im Jahre 1850
wurde ein Gesetz über die Verantwortlichkeit der Beamten erlassen, hienach hat bei Klagen gegen Beamte zunächst die Oberbehörde über die Zulässigkeit derselben zu entscheiden, im Ver-
neinungsfalle geht sie nur gegen den Fiscus.

Noch weniger ausgebildet ist die Verantwortlichkeit der Regierung in der norddeutschen Bundesverfassung. Zwar hatte die
nationalliberale Partei mit aller Entschiedenheit verlangt, dass
die Bundesgewalt ausgeübt werde durch ein dem Bundespräsiden-
ten zur Seite stehendes verantwortliches Bundesministerium. Die
Forderung war der Regierung unannehmbar und schliesslich wurde
der Art. 17 dahin gefasst, dass die Anordnungen und Verfügungen des Bundespräsidiums im Namen des Bundes erlassen werden und zu ihrer Gültigkeit der Gegenzeichnung des Bundeskanzlers bedürfen, welcher dadurch die Verantwortlichkeit übernimmt.
Nach Art. 18 ernennt das Präsidium die Bundesbeamten, hat diese
für den Bund zu beeidigen, und diese sind ihm verantwortlich.

Die Verantwortlichkeit ist daher nur eine politisch-moralische, eine juristische. Dass dies ein wesentlicher Mangel ist, wird Jeder einsehen, der die Ministerverantwortlichkeit als den Schlussstein der Verfassung eines wahren Rechtsstaates zu schätzen weiss, denn ohne jene ist die Unterscheidung zwischen Gesetz und Verordnung ohne praktischen Werth. Jene Bestimmung der norddeutschen Bundesverfassung bezeichnet daher nur den Bundeskanzler als dasjenige Organ der Staatsgewalt, welches der Volksvertretung über Regierungsmassregeln Rede zu stehen hat. Da nun in gewisser Beziehung auch der preussische Kriegs- und Marineminister Bundesminister ist, innerhalb des Bundes aber nicht verantwortlich ist, so kann der Kanzler allein für Verfügungen jenes verantwortlich gemacht werden. In Folge des erweiterten Zollvereins wird bald auch ein Bundeshandelsminister nothwendig werden, von dem grössten Nachtheile aber müsste es sein, wenn auch hiefür die Verantwortlichkeit allein dem Kanzler zufallen sollte. Nicht nur Erwägungen theoretischer und praktischer Art vom Standpunkte des Staatsrechts aus, sondern auch die gewichtigsten Gründe der Politik lassen es als eine dringende Forderung erscheinen, bald die Fragen der Verantwortlichkeit eines Bundesministeriums zu regeln. Dass der Eid auf die Verfassung jene Verantwortlichkeit nicht ersetzen kann, wird Jeder einsehen.

Als in der jüngsten Zeit die erste Staatsschuld des Bundes von dem Reichstage genehmigt wurde, ward gleichzeitig ein Gesetz über die Behandlung des Bundesschuldenwesens angenommen und in dasselbe die civilrechtliche Verantwortlichkeit des Kanzlers für Einhaltung der gesetzlichen Bestimmungen aufgenommen, aber bis heute hat dieses Gesetz offenbar dieser Klausel wegen die Zustimmung des Bundespräsidiums nicht erlangt. Es gibt daher wohl ein Bundesschuldenwesen, aber kein Gesetz über die Behandlung desselben.

10. Rückblick.

Betrachten wir die Wirkungen der Bundesverfassungen, so ergibt sich zunächst für die Union, wie für die Schweiz, dass sie nur segensreiche Früchte getragen hat. In der Schweiz hat die bestehende Verfassung so feste Wurzeln geschlagen, ist so sehr in Fleisch und Blut der Bevölkerung übergegangen, dass ihr Bestand und zwar wesentlich in der jetzigen Gestalt gesichert erscheint, und nur durch ausserordentliche gewaltsame Ereignisse in Frage gestellt werden kann. Dieses günstige Verhältniss ist der durch die Neutralität geschützten politischen Lage, den gleichmässigen durchweg kleinen Verhältnissen, dem weit entwickelten Selfgovernment zu danken. Auch in der Union ist die Bundesverfassung aus der letzten gewaltigen Krisis siegreich hervorgegangen, die Unionsverfassung ist hier als Nothwendigkeit anerkannt, sie allein gestattet die Entfaltung der Eigenthümlichkeiten jedes Staats, die unbeschränkte Vergrösserung der Union, sie allein ist im Stande, eine Herrschaft über den ganzen Kontinent auszudehnen. Dagegen sind in 'der jüngsten Zeit verschiedene Gefahren entstanden: zunächst die enorme Staatsschuld. Dieselbe beträgt nach dem neuesten Monatsausweis 2639 Mill. Dollars. Eine fast gleiche Summe ist in den Südstaaten durch die Emancipation der Neger verloren gegangen. Die wirthschaftlichen Verhältnisse des Bundes sind dadurch wesentlich alterirt worden. Noch fortwährend droht der Staatsbankerott. Durch die Negeremancipation ist der Süden faktisch ein Land der Schwarzen geworden, diese in der Civilisation noch weit zurück, werden kaum im Stande sein, in jenen Staaten nach ihrer vollständigen Wiederaufnahme in die Union geordnete und staatliche Zustände herzustellen und zu erhalten. Durch den Bürgerkrieg ist die Union in den Besitz einer ansehnlichen Militär- und Seemacht gelangt, die Versuchung liegt nahe, nun auch grosse Politik zu treiben und bei Regelung der europäischen Verhältnisse ein Wort mitzureden.

Dadurch können Verwicklungen entstehen, welche leicht von den wichtigsten rückschlagenden Folgen für den Staat begleitet sind. Wie leicht kann die noch glimmende Rebellion der Südstaaten neue Nahrung erhalten und in verzehrende Lohe ausbrechen, welche den Bestand der Union ernstlich in Frage zu stellen vermag! Noch immer ist dort die demokratische Partei mächtig, welche mit allen ihr zu Gebote stehenden Mitteln, die möglichste Abschwächung der Centralgewalt bis zur Auflösung des Bundesstaats in einen Staatenbund anstrebt.

Der jetzige Konflikt des Präsidenten mit dem Kongresse ist zwar nur ein Nachspiel der grossen Rebellion, aber ein so ernstes, dass es den Wiederausbruch des Bürgerkriegs in seinem Gefolge haben kann. Der Bürgerkrieg brach aus in Folge der Wahl Linkolns, durch welche die Niederlage der früher im Kongresse allmächtigen Sklavenhalter entschieden war. Die Folge der Niederlage des Südens war die Rekonstruktions-Akte, nach welcher die Aufhebung der Sklaverei, die Gleichheit Aller vor dem Gesetze und die Stimmberechtigung der Farbigen Bestandtheile des Staatsrechts der einzelnen Staaten bilden sollen. Diese Bestimmung wurde erlassen, ohne Zustimmung des Südens, da der Kongress aber die Verfassungen der Staaten nicht ändern kann, so wurde bestimmt, dass kein Staat Vertreter zum Kongresse senden könne, bevor nicht jene Sätze anerkannt seien, bis zu diesem Zeitpunkte und zur Durchführung dieser Massregeln wurden militärische Gouverneure für die einzelnen Staaten des Südens ernannt. All dies geschah gegen den Willen und ohne die Zustimmung des Präsidenten, der die Südstaaten sofort in ihre Rechte eingesetzt wissen wollte. Durch die Annahme jener Sätze würden die Schwarzen die alleinigen Herren des Südens werden und damit wäre allerdings die demokratische Partei der Sklavenbarone für immer machtlos geworden, aber sicher würden bedeutende, sociale Wirren eintreten. Der Schwarze, der im Süden